魔界都市

ゴデス 女王ミスティ

菊地秀行

創土社

JN095592

人はその街を〈魔界都市〉と呼んだ。

二〇世紀も末の九月一三日(金)、世界に突如誕生した〝腫物〟。〈魔震〉なるマグニチュード一〇に近い揺れは、幅二〇〇メートル、深さ約五〇数キロに達する〈亀裂〉で〈新宿区〉を世界から切り離し、三つの〈門《ゲート》〉でのみ〈区外〉とつながる異世界と化せしめた。

その地底には、太古の時間《とき》から魔性が棲みついていたのだろうか。おびただしい悪鬼妖物たちが〈区民〉たちの日常を脅かす。

だが、何故か〈住人〉たちはここから離れようとはせず、かえって〈区外〉では生きられぬ秘密を持った者たちが、次から次へと押し寄せる。〈新宿〉の魔こそが救いだとでもいう風に。彼らの孤独と哀しみが救いを求めるとき、二人の美しき魔性ともいうべき男たちが、生と死を分かつ黄昏の国から立ち上がる。〈新宿〉一の人捜し屋・秋せつら、死者すら蘇らせるといわれる〈魔界都市〉ドクター・メフィスト。

そして、いま、新たなヒロインが〈魔界都市〉を跳梁する。

時間すらそのはじまりを知らぬ太古からやって来た〈紅の女王〉――ミスティが。

目次

第一章　地の底から来た女王

1

この深夜、〈四谷ゲート〉に近い〈亀裂〉観測用オフィスのモニタリング・ルームで、矢倉平吉《やぐらへいきち》観測員は、〈ゲート〉から一〇〇メートルばかり離れた〈亀裂〉の縁にかかる手を発見して、溜め息をついた。これで済んだのは、言うまでもなく慣れているからだ。

〈新宿〉を地上のあらゆる世界から切り離し、〈魔界都市〉の洗礼名を与えた全ての始まりは、その内部に超古代文明の遺跡と異形のものたちを孕《はら》んでいた。

二二年の間に〈亀裂〉を訪れた〈観光客〉や調査団員は一〇万のオーダーを超えている。大概はそこで生じる怪異を想像くらいはしていても、身にふりかかった際の自身の運命までは考えてもいないか、甘く見ていたに違いない。〈亀裂〉内での死者の数は万単位に及ぶのだ。

それでも〈区〉は〈亀裂〉への観光を中止しないし、死者への賠償金支払いを全て拒んできた。すでに〈都〉への一定額の寄附によって実質的な〈治外法権〉は認められていたのである。この国の、首都の中にあって、ここは〈異国〉なのだ。

〈亀裂〉の死を持たらすものが何であるにせよ、それが地上へ出ようと試みた数もまた茫大《ぼうだい》だし、その殆どが目的半ばで、殲滅《せんめつ》されるに至ったものの、成功例も少なくはない。それでも、矢倉が溜め息止まりで済んだのは、地の底から現れる魔性が、いかに大物にせよ、いずれは抹殺《まっさつ》される運命にあるからだ。その跳梁《ちょうりょう》を許しても、殺戮《さつりく》を認めるほど〈魔界都市〉は甘くなかった。

どうせすぐ抹消《まっしょう》される――いつの間にか観測員全員の胸に棲みついたその思いを留めたまま、矢倉はモニターのスクリーンから眼を離した。疲れを感じたのである。

すぐに戻した。

「れ？」

いない。

「落ちたか？」

とつぶやき、すぐ否定した。いかなる深淵からの登攀《とうはん》にせよ、ここまで来て諦めるか、ないし力尽きるなど劇的に過ぎる。

とすると――

記憶が脳の一部を齧《かじ》った。


コンクリの縁にかじりついたあの手――ただの指ではなかった。その先まで灰色の布で巻かれていたではないか。

このとき、矢倉が思い浮かべたのは、無免許の藪医者か犯罪者が、手術の失敗か、何らかの人体実験に使用した後に放棄した遺体が、〈亀裂〉に潜む力《パワー》で甦ったのではないか、というものであった。

ある意味それは正しかったのである。違うのは、それが何を持たらすかについて、矢倉には想像もつかなかった点だ。

背筋を凍らせた戦慄《せんりつ》もすでに消えていた。

「面倒をかけやがる」

彼はこうつぶやいて、デスクのホルダーに装着してある大口径レーザーライフルを外した。

ドアへ行く前に隣りの席に眼をやる。二名常駐の片方――岩瀬正《いわせただし》は〈歌舞伎町〉の風俗店で今頃、ニャンニャンの真っ最中だろう。ズル休みを認めさせるために、矢倉に手渡した報酬の額を考えても、土地持ちの両親から、潤沢《じゅんたく》な仕送りを受けているのは間違いない。

ドアが鳴った。

スチール製である。護符も貼ってある。打撃物は軟らかい――土を詰めた袋のようなものだ。地点は一七五の矢倉の胸あたりだ。拳《こぶし》だとしたら、身長は一六〇前後だろう。

だが、この響きは？　ドアのみか、建物自体が揺れたようだ。

もう一度。

蝶番《ちょうつがい》が外れた。

信じられないパワーであった。

インターホンのスイッチを入れ、スクリーンをドアの監視カメラに切り換える。

息を呑んだ。

三度目の正直に右手をふりかざしたのは、頭部から足先まで包帯巻きのミイラであった。

「何じゃ、こりゃ？」

正直に吐露《とろ》してから、

「やめろ！」

と叫んだ。次の一発でドアは破れると察したのだ。

その通りになった。

倒れたドアとコンクリの粉塵《ふんじん》の中を、小柄な包帯姿が入って来た。頭頂部から長い黒髪が腰まで垂れている。豊かな胸のふくらみが、矢倉

の眼に灼きついた。

「――女かよ!?」

その頭の中に、

〝それがどうかしたか?〟

高びしゃもいいところの声――ならぬ思考が花開いた。

奇妙なことに、それは矢倉に、世にも美しい可憐《かれん》な娘を連想させた。純金の髪飾りに多重のネックレスを身につけ、白いドレスで〈新宿〉を闊歩《かっぽ》したら、新しい伝説が生まれるに違いない。観光客も一〇〇万前後に増えるだろう。

「あんた――何者だ?」

威圧を含んだつもりだが、震えていては仕方がない。〈新宿〉ですら聞いたこともない妖物が眼の前にいる――それだけで身体は最もふさわしい反応を選んだのだ。

〝おまえこそ何者じゃ? 見たところ門番か看守のようだが、無礼は許さぬぞ〟

厳しい思考が、却って心地よく響いた。女のイメージはなお矢倉の脳裡《のうり》を占めていた。思わず言った。

「おれは矢倉平吉――〈亀裂〉の観測員だ」

〝左様か。では、この地の名は? サリナスか? タナドゥサか?〟

「〈新宿〉だ」

〝何じゃ、それは? そう言えば、うぬの顔――東方からの使者と似ておるが、ここは「朱都」の国か?〟

それが古代中国最古の伝説の王朝――「夏」の一万年も昔に世界一広大な地に君臨したとある

王国の名前だと、矢倉は知るはずもなかった。

その顔をじっと見て、

〝知らぬか。では改めて訊こう。〈新宿〉とは何処の国の都じゃ？〟

「日本だよ」

〝ほう。では、日本とやら——この国の王では誰で、何処におる？〟

「東京にいる総理大臣だ。その前に、おれは日本じゃねえ、矢倉だ」

〝よかろう、矢倉とやら、では総理とやらの下へ、わらわを案内《あない》せよ〟

「はあ？」

二人の対面の光景をふと想像してしまい、矢倉は何故か吹き出したくなった。

急に怖くなった。

「いや、もう眠っているし、あんたは一体——何者だ？」

〝それは王に話す〟

総理だよ、と言いかけて、矢倉はあきらめた。

手のレーザー・ライフルを下ろす。持つこと自体がひどく滑稽《こっけい》な気がした。

椅子に戻った。

「あんた——〈亀裂〉から出て来たんだよな。ひょっとして、一年半前に墜落した米軍の輸送機の中身か？」

〝輸送機？　米軍？〟

とミスティは小首を傾げ、

〝もうよい、お前の頭から直接訊くことにしよう〟

と近づいて来た。手が顔の方へのびてくる。

不吉な予感に駆られて、

「待ってくれ、訊いたら、おれはどうなる？」

〝廃人じゃ〟

「廃人？」

〝当然じゃ。脳の中身のすべてが私のものになるのじゃから〟

「やめてくれ！　おれには女房も子供もいるんだ！」

と嘘をついた。独身である。

〝やむを得ぬな〟

「なな何がやむを得ぬだ。勝手なことを言うな！」

その抗議を跳ね返して、女の手指が額に当てられた。

快感が彼を包んだ。全身が軟らかい濡れた洞《どう》窟《くつ》へ吸いこまれていく。それは熱く息づく肉の孔であった。


不意に現実に戻った。

猛烈な疲れより、絶望に襲われ、矢倉は片手をデスクに当てがって身を支えた。

「何だ、こいつは？」

戸口でグロックM17／2を構えているのは〈歌舞伎町〉にいるはずの岩瀬だった。

背後に色っぽいが、いかにも風俗嬢といった服装の女が立ちすくんでいる。

「ドアを壊したのは、そいつか？　何故、射たない？」

岩瀬の問いに、矢倉は首をふった。

「とにかく侵入者だ。じきに本部から保安部隊が来る。こら、動くな」

強面でなる岩瀬の声も、何処か虚《うつ》ろなのは、頭の中に、矢倉と同じイメージを抱いてしまったためか？

「こ奴は何じゃ？」

ミイラが訊いた。

「同僚だ」

と矢倉。

「後ろの女は？」

岩瀬が、うるせえと喚いた。

「誰だっていいだろ。おまえ、何処の博物館かから出て来た？　いまここであの世へ送り返してやろうか、え？」

と銃口を動かすのへ、

「やめろ」

と矢倉は制止した。

「なんでだよ？」

「そのミイラ——違うんだ。しゃべっててもわかるだろう？」

「そう言や——テレパシーか!?」

「いま気がついたのかよ、この呑気者《もん》」

「ああ。育ちがいいんでな」

と返して、

「とにかく、〈警察〉へ——いや、待てよ。林行《りんぎょう》寺《じ》さんとこへ売りとばすか？」

「林行寺ってあれか？」

「ああ。〝地獄の興行師〟の林行寺さんだ」

「やめろ」

矢倉の声に、ぎょっと彼を眺めて、

「どうしたんだ、洗濯機に巻き込まれたみたいな声出して？　待てよ、その顔——おまえ、〈戸山住宅〉の吸血鬼共に血でも吸われたのか？」

「吸血鬼？」

二人は眼を丸くした。ミイラの――包帯だらけの顔の中に、眼が光ったのだ。紅玉《ルビー》のように赤く。炎のように熱く。それと――なんともセクシーな肉声になったではないか。

「ほう、その国にもおるか。あの地割れといい、中々に愉しい場所のようじゃな」

「そらま、一応は」

矢倉が応じると、相棒の方も、

「吸血鬼に反応するミイラ女てのも珍しいな。こりゃ高く売れそうだ」

と整った顔をホクホクさせた。

「よせ」

矢倉は反射的に喚いた。理由はわからない。このミイラと会ってから、わからないことだらけだ。

岩瀬は当然、

「おかしなことをぬかすな――世の中、銭だ。〈新宿〉でもな。ミイラのお姉さん、せっかく復活して来たんだ。うんと愉しい目に遇わせてあげるよ」

「愉しい目？」

「そうとも。ひと前に出て、右手をふって挨拶でもすりゃ、ひと晩に札束の山が懐ろに入るんだ」

「札束とは何だ？」

岩瀬は、きょとんとしたが、すぐ、

「そうか、あんたの国にゃ札なんかないんだ。何て国だよ？　貨幣は何を使ってるんだ？　出身はエジプトの古王国か？」

それなりの教養はあるらしい。ミイラはゆっ

くりと首を横にふって、

「下賤《げせん》の質問に答えはせぬ。それより、さっさとわらわを総理大臣の下へ連れて行け」

「何ィ？　総理大臣って――矢倉、おまえ何吹き込んだんだ？」

「いや、この国で一番えらいのは誰だと訊くからよ」

「わかった、任しとけ」

何を思いついたのか、岩瀬は左の拳で胸を叩いた。甘い声が出た。嘘八百用だ。

「あんたの好きな、この街で一番えらい男に会わせてやろう。大人しく一緒に来たまえ」

「ふむ――本当じゃろうな？」

「嘘なんかつかないよ。僕は親切な男で通ってんだ」

「おまえが何であろうと構わぬ。早く案内せい」

「わーったわーった」

満面破顔した岩瀬がグロックを下ろしたとき、今まで黙って突っ立っていた後ろの女が、素早くそれを奪い取った。

「おい、何を――!?」

「うるさい、お黙り」

金切り声がほとばしった。

「あたしにも同じこと言って、こんなところへ連れて来て。二人とも騙すつもりなのね、このペテン師野郎」

「莫迦なことを言うな小百合。あんな変態用の店より、ずっと愉しい――」

「うるさい！」

女の手の中でグロックが跳ね上がった。九ミリ弾頭は岩瀬の鳩尾《みぞおち》を貫通して、背後の壁で止まった。

ぐえぇと倒れる岩瀬を見て我に返ったらしく、女はグロックを摑んだままとび出して行った。

「大変だ！　すぐに保安部が来るぞ。あんた――早いとこ逃げろ。総理のとこへは、別の奴に連れて行ってもらえ」

急変した事態も知らぬげに、ミイラはじっと矢倉を見つめていたが、

「おまえはどうするつもりじゃ？」

と訊いた。

「こいつの手当てをしなくちゃならねえ。早いとこ行きな」

「わらわのことを気にするのか？」

「仕様がねえだろ。保安部の連中に捕まったら、〈警察〉へ行っておしまいだ。ドクター・メフィストんところで、また元のミイラに戻されるぜ。なんとなく、そんな目に遭わせたくねえんだよ」

「そやつも助けるつもりか？」

「ああ。どうしようもねえ女たらしだが、一応は同僚でな。さ、早く行け」

と言ったのは、救急箱のある隅の方へ歩きながらであった。

その背中へ、

「わらわが救ってやろう」

とミイラの声が当たった。

2

「はん？」

とふり返った矢倉の声にも表情にも、さしたる驚きの影はない。心霊治療など、その辺の通行人でもこなす街だ。

「わらわが治療してやると言うておる——徐《の》け」

「おい、どうしてだよ？」

「おまえは中々見所がある。一〇年も鍛《きた》えれば、良い親衛隊士になるだろう」

「親衛隊？」

　矢倉はぞっとした。運命に関わるような恐怖であった。

「徐け」

　ミイラは彼に近づき、片手で押しのけた。どちらかというとのんびりした動きなのに、矢倉は五メートルも宙《ちゅう》をとんで、ゴツいヒーターに頭をぶつけ意識を失った。

　すぐ気がついた——と五感が伝えた。

　ミイラは岩瀬を立たせ、鳩尾のあたりに身体の何処かから伸びた包帯を二枚巻きつけていた。両手は自然に下げている。半ば失神状態にある七〇キロ超の男を二枚の布地で支え、少しも不安がない。

「ほい！」

　と勢いよく放った。

　岩瀬が、ぐえと洩らすと同時に二枚の布は鳩尾に食いこみ、その間からひしゃげた弾頭が勢いよく弾き出て、二メートル先のロッカーに当たってから床に落ちた。

「どうじゃ？」

　と訊かれて、

「お、おお」

と矢倉が返してしまったのは、迎合的性格以外の何ものでもないが、岩瀬もそっくり同じ返事をしてから鳩尾に手と視線を当てた。

「い、痛くないぞ」

「我が一族に伝わる金瘡《きんそう》の治療法じゃ。もう普通に動けるはず」

「本当だ、こりゃ驚いた」

「では、案内せい」

「い、いいとも——こりゃ高く売れるぞ」

「なに？」

「いえ、別に。と、とにかく行こう——矢倉、悪いが後を頼むぜ。リベートはちゃんと払うからさ」

「そういう話じゃねえ——その女はやめとけ」

矢倉は必死になっている自分に気がついた。

「だから、どーしてだよ？　なあ？」


とミイラの眼を見つめる表情は、どんな女でもとろけるような色男ぶりであった。

「そのとおりじゃ、行くぞ」

矢倉に告げ、歩き出そうとしたとき、異変が起こった。

岩瀬が横に並んで、ミイラの腕に自分の腕を絡めようとした——途端に、彼は前方の壁を揺るがす大激突をやってのけた。

「なな何しやがるんだ!?」

眼を剝く矢倉へ、

「死にはせん」

ミイラはそう言って、

「主人の腕を勝手に取ろうなどとは、死をもって償わねばならぬ思い上がった振る舞いじゃが、おまえに免じて許してやろう。だが、身体中の骨が折れては案内もできまい。おまえが代わりをせい」

「いや、しかし」

「嫌か？」

ミイラの両眼が赤く染まっていく。

「わ、わかった。連れてく。しかし……」

矢倉の逡巡は、二択を決めかねたからである。

ここは当然、総理ではなく〈区長〉の梶原の下へ連れていくべきだが、深夜の二時とあっては、自宅へ押しかけるしかないし、総理は論外だ。混乱を極める脳状態のところへ、

「――林行寺のところへ……」

連れて行けという掠れ声が、部屋の隅から上がった。

確かに全身の骨がイカれたらしく、まるで水母《くらげ》みたいにうねくる岩瀬が、必死に喚いたのだ。

もういかん、と矢倉は折れることにした。

ミイラはうなずいて見せた。

「では――案内しよう」

「致しましょう、じゃ」

こん畜生と思ったが、

「案内――いたしましょう」

至極スムーズに出てしまった。

そのとき、モニターの画面に、オフィスの前に到着した保安隊の車が並んだ。

「手遅れだ」

と言ってから、喜んでいいものか不明の、不可思議な気分になった。

こんな場合、保安隊が〈新宿警察〉署の敷地内に隣接するビル内の本部へ連行する。だが、こ

の女は――

「何じゃ、あれは？」

「保安隊の車だ――いや、でございます」

「車？」

「動物なしでもひとりでに走る戦車のようなもので」

「それは面白い。おまえ――操れるのか？」

「ま、何とか」

「では一台調達しよう。外へ出よ」

「いや、その」

矢倉の瞳にはモニターのスクリーンが映っている。スクリーンには車から下りてこちらへ向かう保安隊員が映っている。

「えーい、何をしておるか」

いきなり背中を押された。

彼は開きっ放しの戸口から跳び出した。

三段の踏み石を越えて、地面へと覚悟した身体が、ベルトを摑んで引かれた。ミイラが止めたのだ。

「何事だ？」

扇型《おうぎがた》に並んだ隊員のリーダーが叫んだら、

「見てのとおりじゃ」

とミイラが応じた。

「この男を道案内に、この国の王の下へと急ぐ途中じゃ。邪魔をいたすな」

「はは、妄想狂の化け物か」

とリーダーは笑い、真顔になった。全員、腰のホルスターから、大型の麻痺銃を抜いている。通常パワーなら、どんな生物でもひっくり返る程度だが、出力を上げれば即死だ。

「矢倉さん、逃げられるか？」

別の——顔見知りのひとりが訊いた。

「駄目だ」

リーダーは舌打ちして、

「では命中したら我慢しろ」

言うなり、麻痺銃が唸った。

それはミイラを包む包帯の表面をかすかに震わせ、皺《しわ》をのばした上で、四肢の筋肉活動を停止させるはずであった。

「わらわに武器を向けたな——敵とみなす」

舌足らずにもならず、高々と跳躍して、攻撃陣形の前に着地した姿にも乱れはない。

「射て」

の号令に応じて引金に力をこめた男たちの顔面に、びらびらと灰色の布が吹きつけた。

顔を巻かれ、喉を巻かれ、除けようとした手も胸に押しつけられて、隊員たちが唖然としたのも、一瞬のことだ。

異様な音が夜気を渡り、顔面を巻きつぶされ、血と脳漿《のうしょう》を噴き出させた男たちは、へなへなとその場へ崩れ落ちた。

不意に生じた風が死体から布を剥がし、月光の下で、ミイラは無数の手足を有する魔性のごとく見えた。

「お前の知人もいたようだな。そ奴だけは生かしておいた」

ミイラは事も無げに告げて、車の方を向いた。

「参るぞ——来い」

立ち尽くしっ放しの矢倉は、

「はい」

とうなずくしかなかった。

〈新宿〉は興行師にとって宝庫と言ってもいいが、それには少々説明が必要だ。

〈新宿〉の興行師の仕事とは、〈新宿〉で捕獲し、飼い慣らした妖物魔物たちを、〈区外〉の観客に供することなのである。他所から運んで異郷の人々の眼を楽しませる、いわゆる興行は、〈新宿〉では成り立たない。当然だ。〈区民〉が驚くものなど、〈区外〉の何処にも存在しないのだから。

従って〈区民〉を相手にした上で、相応の報酬を保証される興行となれば、生半《なまなか》な代物では成立しないが、万が一にも当たれば、〈区外〉の大興行師たちが束になっても入手し得ぬ大金がもたらされるのであった。

林行寺孝之《たかゆき》は、そんな〈区内〉の不遇な興行界にあって、唯一合格点を叩き出す大物なのであった。

当然、興行のネタを入手するための努力は計り知れない。千人単位の配下が世界中を廻り、資料、又聞きを問わず、勘に触れるものがあれば地の果てまでも飛んで行く。〈区内〉で〈区民〉を驚倒させる素材が見つかるなど、林行寺はとうに諦めていた。

そこへ、およそ縁のない男が、奇妙なものを従えて——否、従ってやって来たのである。

「ミイラか？」

自宅の応接間で、眠い目をこすりこすり訊いた。

「そのようです」

「何処から来た？――まあいい。それより演《だ》し物だ。何が出来るね、お嬢さん？」

「その前に尋ねる。林行寺とやら、おまえは真にこの世界の王であるのか？」

「世界をどう取るかだがな――おい、矢倉よ、おれのことを何と吹き込んであるんだ？」

「いえ、何も」

〈亀裂〉から脱け出し、岩瀬と会い、仕事で脱けられない彼に一刻も早くとせかされて連れて来た――と矢倉は林行寺に告げた。

言い訳にもならないお粗末さだったが、林行寺は気にもしなかった。ひと目で、ミイラから何かを感じたのである。それが彼にとっては何やら重大なものだったらしいのは、ミイラを見る眼差しでわかった。興奮そのものだ。

林行寺の綽名は〝冷岩《れいがん》〟であった。

「この世界じゃ、王さまのひとりだろうな」

「左様か」

ミイラは、矢倉が呆れるほどあっさりとしゃべり出した。

「わらわの名はミスティ。青い月が城の岩肌を染めてから一万年になる王国――シェラジーンの女王じゃ」

「ほお」

感服したようだが、林行寺は信用していない。そのくせ、疑ってもいないのだ。シェラジーンなる王国が未知なのだから、仕方がない。

そこで何か思い当たったのか、眼を中空に据えて、

「一年と少し前に、〈亀裂〉へ米軍の郵送機が落

ちたな。上手く嵌りこんだものだ。あんたはそのときの積み荷か？」

「積み荷？」

包帯の中に赤い光が点った。

「いや、お客さんの間違いだよ」

矢倉があわてて口をはさんだ。林行寺も気づいて、

「よく出て来られたな」

「あの程度の崖——昇るのも下りるのも遊びと同じじゃ」

ミスティは侮蔑《ぶべつ》の口調になった。

「おまえがこの国の王なら、要求がある。まず、わらわの館をひとつ用意せい。下女と下僕は二〇人ずつ。車は一〇台。それと、とりあえずこの国の金で一億じゃ」

「よかろう」

大興行師は、あっさりと答えて、矢倉の度胆《どぎも》を抜いたが、勿論、そんな望みに応じるつもりはない。

「すぐに用意する。その間に、あんたの技を見せてもらいたい」

「技というほどのものはないが」

林行寺はこめかみを揉んで、

「歴史を専門に学んだことはないが、ミイラをこしらえる国で、指一本で男の戦士たちを抹殺した女王たちの噂は聞いたことがある。例えば——」

林行寺は髪の毛の間に指を分け入らせ、一本の白髪をつまんで戻すと、それを唇に含ませた。かすかな吐息が唇を尖らせ、矢倉が痛《つ》うと左

肩を押さえた。

指の間から針のように覗いているのは、林行寺の髪の毛だ。いや、それは正しく針であった。

矢倉が引き抜こうとしても、根でも張ったように動かない。刺すと同時に、筋肉を硬直させる薬か術が施されているのだろう。

「おれの毛術だ。その毛はドクター・メフィストの下へ行かなきゃ抜けん。こんな技に対抗する技を身につけてはいないか？」

「女に技を問うなら、まず歌と踊りではないのか？」

とミスティは訊いた。林行寺は全身を下方へと伝わる音を聞いた。血の気が引いていくのであった。

3

「まあよい。では、望みのものを見せてやろう」

ミスティは矢倉に近づき、左手を肩においてから、右手で毛針をつまんだ。

うすら笑いが林行寺の口元をかすめた。彼の毛針は、千馬力のモーターを使っても引き抜けるものではなかったからだ。

だから、

「ほれ」

の一声で、たやすく引き抜いたときは、すぐには信じられなかった。

「どうやった？」

数秒後に、ようやく訊けた。

「針を抜こうとするから抜けぬのじゃ。だが、

刺された方を引けば、簡単に抜け落ちるもの
じゃ」

　確かに理屈だが、よく考えるとおかしな理屈だ。しかし、現に抜けぬはずの針は、女の指の間にあった。

「おれの毛髪針は、大分前にガレーン・マーレンブルグに手づから教えを受けたものだ。五〇〇〇年の歴史を誇るチェコ魔術とのことだったが、それをいとも簡単に、おかしな理屈で調伏《ちょうふく》してしまうとは」

　じろ、と林行寺は矢倉を睨《にら》んだ。

「何を企んでいる」

「じょじょご冗談――おれは岩瀬にそそのかされて、この女をここへ」

「あくまでも、商品としてか？」

「そ、そうですよ」

　そのとき、血も凍るようなひとことが、

「商品とは、わらわのことか？」

　二人は愕然《がくぜん》となった。

「とととんでもない」

　と矢倉が手をふっても、時すでに遅し。ミスティはぐるりを見廻し、

「ここが王の客間とはどうしても思えなんだ。おのれら二人――わらわをたばかったな」

「待ってくれ。おれのいる社会では、おれは王なんだ。落ち着いてくれ、な？」

　ミスティの実力を眼のあたりにした林行寺も必死だ。

「いいや、おまえたちは私をたばかった。その罪は万死に値する」

爛と光る眼の炎は、二人を灼き滅すかとも思われた。

「待て」

林行寺が制止した。

「〈区長〉のところなら、夜が明けたらすぐに連れて行ってやる。それまでに、おれの話も聞いてくれ」

「下郎《げろう》と話す時間はない」

言いも言ったりだが、林行寺には怒りも湧いて来なかった。正面から吹きつけるミイラの威圧感に気死してしまったのだ。

かろうじて右手で髪の毛を摑み、ミスティめがけて投げた。

狙い違《たが》わず突き刺さった先は、その前方に流れ出たミイラの屍布《しふ》であった。

布はうねくり、手のように針を放った。棒立ちになった林行寺へ。

全身に光を散りばめて倒れた林行寺を見て、矢倉は失神した。

頰をはたかれて気がついた。

灰色の顔に浮かぶ赤点が見下ろしていた。

「わわわ」

「おまえを殺しはせぬ。次に裏切りさえしなければな」

「裏切らねえ裏切らねえ」

「では、さっきあ奴の申しておった〈区長〉とやらがこの国の王なのか？」

「国というか」

まあ、そうかと思った。

「そ、そうだ」

「では――」

「つ、連れて行く連れて行く。けど、待ってくれ――その格好《かっこ》で〈区役所〉へ行ったら、保安部隊と戦争になるぞ。〈区役所〉のガードは、さっきの連中とはわけが違うんだ」

「戦争か。面白い」

　その口調は本心の声だと告げていた。

「な、せめて身だしなみを整えて行こうや、

「身だしなみ？　ふむ、これではまずいか？」

「自分でそう思わねえか？」

「そう言えばそうじゃな、初めての相手じゃ。礼装は必要であろう」

　助かった、と矢倉は心底から思った。

「で、どうする？」

「任しとけ。いい古着屋を知ってるんだ」

「古着屋？」

　またも眼が光った。

「いや、違う。衣装だ。いいのが揃ってるぜ」

「よかろう」

　しめた、と思いながら、矢倉は大問題を忘れていたのに気がついた。

　沈黙した彼へ、

「何を考えておる？」

「いやその――金がねえんだよ」

「金？」

「あんたに安物のドレスなんか着せられねえし、着せたらおれの首が飛ぶ。だけど、女王さまに必要なドレスとなると、金がかかるんだよ」

　矢倉のカードはすべて無効であった。財布には一万円札が一枚と小銭少々しかない。給料日

は明日だ。

「黄金《きん》でも良いのか？」

内容に比べてあまりにも素っ気ない言い方だったので、矢倉はすぐには理解できなかった。

「大歓迎！」

と叫んだ。

「左様か。最初から知っておれば、その死体に金など要求することもなかった」

とうなずいたものの、ミイラは両手で胸と腰のあたりを軽く叩き、

「柩の中に忘れたわ」

「なんでえ、あんたも無一文かよ」

「どうすればよい？」

「仕様がねえなあ」

矢倉は腕組みをした。ミイラ女がひどく身近に感じられた。金欠が二人をつないだとも言える。

閃いた。

すぐに消えた。グーなアイディアだが、切り出すのが生命懸けなのは眼に見えていた。

幸か不幸か彼の逡巡《しゅんじゅん》にミスティが気づいた。

「何を思いついた？」

「いや、その」

「申せ」

さらに少したためらってから、

「歌――唄えるか？」

「勿論じゃ。おまえは唄えぬのか？」

矢倉は思い切って言った。

「歌手で稼ごう――『歌うミイラ』これはイケるぞ」

また閃いた。おれは林行寺より才能があるか

も知れないと思った。

「踊れるかい？」

「言うまでもない」

唄って踊れる女ミイラ——これだ！

「歌と踊りを人前で見せたことはあるか？」

案の定、彼は五、六メートルを飛んで、家の調度品に激突した。幸い、高価《たか》そうな肘かけ椅子の上であった。

「次は石壁に叩きつけるぞ」

「わかった」

息も絶え絶えに言った。椅子の上と言っても、骨は悲鳴を上げている。怒りが噴出したのはそのせいかも知れない。

「——けどな、手っ取り早く稼ぐにゃあ、それか、強盗しかねえんだよ。あんたも早いとこ、〈区長〉——王さまに面会してえだろうが。なら、人前で唄うくらいは我慢しろ。踊りたってストリップじゃあねえ。軽く腰をふるくれえでいいんだ。な、納得してくれ。その代わり、稼ぎはみんなあんたのもンだ。おれは二割でいい」

「みんなではなかろうが」

「いちいち文句つけるなよ」

「一割じゃな」

このドケチが、と思った。

「し、しっかりしてるな」

「一国を統べる者として、当然の配慮じゃ」

「何がハイリョだ」

とつぶやいた。

「何か申したか？」

「いえ、全然」

ここで気がついた。

「待てよ――やる気なのか⁉」

「他に手がなければ仕方あるまい」

「やた！――いや、いい度胸だ。すぐおれの知ってるキャバクラに話をつけてやる。〈歌舞伎町〉へ行くぜ」


「肥沃子《ぼてこ》の店」と言えば、〈歌舞伎町〉でも知られたキャバクラである。さして広くはないが、才能のある素人ならどんどん起用するマニア向けのショーで、連日満員――ママの外谷肥沃子は笑いが止まらないという。名字が告げる通り、〈新宿〉一《いち》の情報屋・外谷良子の妹だ。

ミスティをひと目見て、

「あら、いいキャラね！」

と細い眼をかがやかせた。

「きっといいギャラが払えるわよ」

ショーの出演者のギャラは、客たちの反応で決まる。サクラも多いため、裁定は肥沃子の胸下三寸で決まる。

予定表を見て、でかい尻をぽりぽり掻《か》きながら、

「次よ、三分後」

と言った。

「何を唄えば良いのだ？」

「知ってる歌なら何でもいいわよ。御国の国歌でも歌ったら？」

「わかった」

バンドは付かない。アカペラである。

狭いステージ裏の、もっと狭苦しい楽屋で、

「何を唄うんだ？」

矢倉は心配そうに訊いた。ここまで、この女なら何とかと妙な信頼感があったのだが、ようやく地に足がついたらしい。

対してミスティは静かに、

「任せておけ」

「おい、あんたの生まれ故郷の国歌なんか唄っても、誰も喜ばねえぞ」

「おまえ心配性じゃな。心臓と胃の腑が悲鳴を上げておるぞ。わらわの王国におれば、良いミイラ作りを紹介してやるところじゃや。彼らは内臓を替える術《すべ》を心得ておる」

「――そんな藪医者を紹介されて堪《たま》るか。おれは健康そのものだ」


「ならば良し。行くぞ」

ステージの上で、古代エジプトの生けるミイラ歌手という、おかしな紹介に、客たちが歓声と鼻先だけの笑い声をたてるのが聞こえた。

物怖《ものお》じもせず、ミスティがステージに立つや、野次《やじ》と拍手が突進してきた。

司会者が近づき、

「女王ミスティさん――今夜は何をお歌いいただけますか？」

とマイクを近づけた。眼と口もとが憫笑《びんしょう》を浮かべている。

「その眼つきが気に入らぬな」

とミスティは言った。

「は？」

何だ、この女という声が、突然、苦鳴に変

わった。ミスティがビンタを食らわせたのである。司会者の首はきれいに一回転した。

客たちがどよめいた。幾つか悲鳴が上がったが、立ちこめる麻薬煙《ドラッグ》に掻き消された。客席へ倒れこんだ司会者の身体は、たちまち何処かへ運び去られ、狂気に近い拍手の波がステージに押し寄せた。

それが、ピタリと熄《や》んだ。

「黙れ」

とミスティが命じたのだ。

客は若者ばかりだ。最初から狂乱を求めている。他人の死も興奮と笑いの対象でしかない。その精神《こころ》の持ち方を頭ごなしに変えようとする者があれば、殺人も辞さない。それが、〈新宿〉の客だ。

だが、彼らは沈黙した。沈黙させられたのだ。彼らの思いなど虫の精神《こころ》のごとく踏みにじって一瞥《いちべつ》も与えぬ凄絶《せいぜつ》な意志によって。

「ここへ来る途中、車の中で聴いた曲じゃ。この街にも、おまえたちにもおよそ似合わぬが、わらわはいまこれしか知らぬ」

じろりと客たちを見廻し、最前列の若者に手を伸ばすと、彼が手にしていたギターを強引に奪い取った。

「ちょちょ――」

「黙れ」

と沈黙させ、ぎこちない手つきで、ギターをいじくりはじめた。

弦を弾き、持ち方を変えているうちに、麻薬《くすり》でイカれた客たちの間に、まともなざわめきが広がりはじめた。

「音が合ってるぞ」

「メロディになってる」

「何だよ、あの弾き方——本格的じゃないの」

それから沈黙が下りた。

客ばかりか、何事かと窓から覗きに来た外谷肥沃子と矢倉が鋭い視線を向ける中、ギターを手にしてから一分とかからず、

「よし」

とひとこと、いきなりギターを掻《か》き鳴らしはじめた。

「合わん」

とギターを睨みつけたのは、一秒と経っていない。

「何がだ？」

「何やる気なんだ、あのミイラ？」

次々に上がる不審の声の中を、ミスティはステージの左側に積んであるアンプのところへ行き、コードを引き抜いた。そして、手にしたギターの弦に巻きつけたのである。アンプには電流が通じていた。

火花が飛んで、悲鳴が上がった。

「——何するつもりだ、あの女？」

矢倉には自分の声も聞こえていなかった。

外谷は、むうと唸ったきりである。

「よく聴け。衆生《しゅじょう》の者どもよ」

指が弦の上を走った。

どよめきは驚愕のそれであった。

聴くがいい。ただのアコースティック・ギターが、エレキの音を鳴り響かせたではないか。

第二章　破天荒の渦

1

どよめきが波のように押し寄せ、拍手となって崩壊した。

ミスティの弾き出す音は、それを貫き、虚空に舞い上がった。

踊り狂う若者たちを舞台の袖のモニターで見ながら、

「何だ、あの曲は?」

と矢倉が首を捻った。そのかたわらで、外谷肥沃子が、

「『パイプライン』よ。六〇年くらい前に流行った曲。エレキ全盛の頃ね。演奏は確かベンチャーズ」

「ベンチャーズ!?」

幾ら記憶を辿っても出て来なかった。矢倉は諦め、熱気の渦と化した会場を眺めるだけにした。

やがて、拍手と歓声に押されるように、ミスティが戻って来た。

「これで良かろう」

と、とんでもギターを投げ出す。その衝撃で鳴った音は、平凡なアコースティックのものであった。興奮で顔を真っ赤にした肥沃子が、

「ねえ、ワンステージ一〇〇万出すわ。月に三回出てくんない?」

「用事がある。今ので幾らじゃ?」

「一〇〇万——いえ、二〇〇万」

「それで服が買えるか?」

「任せとけ」

矢倉は胸を叩いた。

「貢《みつ》ぎ物《もの》も要《い》るぞ」

「それは大丈夫。向こうは受け取れねえんだ」

「何故じゃ？」

「公務員だから、受け取ると賄賂《わいろ》になっちまうのさ」

「それくらい良かろう」

「は？」

「コウムインとやらが何かは知らんが、賄賂なら我が都にも横行していた。少しくらいは潤滑《じゅんかつ》油《ゆ》と思うて見て見ぬふりをしていたが。出す方も受け取る方も調子に乗って来おったので、まとめて首を落としてやったわ。この国ではどうか知らぬが、初対面の挨拶《あいさつ》じゃ。内緒で持って行け」

「意外と話がわかるじゃねえか」

感動が矢倉を捉えていた。固いばかりの独裁女かと思っていたら、賄賂万歳《ばんざい》ときた。案外、やって行けるかと思った。

いや、待てよ——と誰かがささやいた。

このトンチキ女——意外と金の卵を生む鶏かも知れない。こいつあ上手く立ち廻りゃあ、タレントとして売り出せるぞ。

ミイラ・シンガーの砂漠コンサートだ。ドバイだ。オイル・マネーががぼがぼだ。

胸がぐんと我欲で膨《ふく》れ上がった。

ミスティがこちらを見て、

「トンチキがどうした？」

「いやいやいや——気のせいだ気のせい」

夢中で否定しながら、この女、テレパシー使えるんだと思い出した。

「報酬を受け取ったら行くぞ」

「お、おお！」

「何処行くの？」

と肥沃子が訊いた。

「〈区長〉とやらの家じゃ」

「こんな時間に行っても、会ってくれないわよ」

「会わせる」

「いや、夜明けまで待とう」

矢倉も止めた。

「あんただって、他所の国の王様が、眠っているとき急にやって来たら困るだろ？」

「困りはせぬ。礼儀知らずめと、手足を斬り落としてくれる」

「あんたがそうされる立場になってしまうんだよ、え？」

「ふむ――では待つとしよう」

独裁者にも最低の常識はあるらしい。

矢倉は安堵の息を吐いた。そこへ、

「では、着替えに行くぞ」

「待ってくれ。古着屋は夜やってねえんだ」

「でも、深夜《ミッドナイト》ブティックがあるわよ」

と肥沃子が声をかけた。

「水商売のおネエ相手の店だけど、あんたなら何でも似合いそう」

「行くぞ」

「ちょ、ちょっと」

あわてる矢倉を置いて、包帯姿は戸口へ向かった。

「ねえ、何とか口説《くど》いてよ」

と食い下がる肥沃子へ、任しとけと安請け合いをしながら、二〇〇万のキャッシュを受け取り、矢倉は偉大らしい女王の後を追って走り出した。


深夜ブティック〈夜の薔薇《ナイト・ローズ》〉は、〈風林会館〉の裏手に建つビルの一階にあった。

さすがに、包帯だらけのミイラを見て、店員は驚いたが、矢倉が金を置くと、たちまち理性を取り戻した。

次々に持ってくる衣裳は、派手な色彩にスパンコールやビーズ、ガラス玉を散りばめて、胸も背中も大胆にカットした、クラブか風俗向きの品ばかりだったが、

「これじゃやな」

と当人が選んだのは、その中でも頭抜けて派手で恥知らずで悪趣味なドレスであった。

試着室へ通してから、店員は吹き出しそうになるのを堪《こら》えて、

「悪いけど、少し趣味がアレすぎねえか?」

と訊いた。矢倉は大きくうなずいて、

「悪くねえ。同感だ」

少しして、ドアが開いた。

「どうじゃ?」

腰に手を当てて、ポーズを取る女王を、矢倉は呆然と見つめ、そばの椅子にへたり込んでしまった。

切れ長だが、まばゆい黒瞳を収めた眼、世界

中の画家が引きたいと願う鼻のライン、民族の血を窺《うかが》わせる可憐でいて濃艶な唇からは、米粒のような歯がきらめいている。

これはこの世のものじゃねえ。とてもおれの手にゃ負えねえ――そう思ったとき、ドレスの胸もとから大きくこぼれた乳房と、スリットから流れ出た腿《もも》から足首のラインが眼に入った。すうと気が遠くなり、矢倉はまだとどめを刺されてはいなかったことを知った。

思い切り派手で下品なドレスが、この女が着ると、まるで王侯貴族の大夜会の礼装だ。

矢倉は遥かな砂漠の国の星のかがやきを見、オリーブの香りを運ぶ風の匂いを嗅《か》いだ。

「どうじゃ?」

ミスティの問いは、陽炎《かげとう》のように矢倉の耳の中で揺れたきりである。

何か言ったつもりだが、声にはならなかった。ミスティは、はっきりしていた。

「似合うのか、似合わぬか!?」

怒号の一喝に、矢倉は吹っとんだ。

「似合う!」

と叫んだのは、店の玄関に立った若者であった。

「岩瀬――おまえ、生きていたのか!?」

「勝手に殺さないでくれ。身体中の骨が折れてたが、そこはメフィスト病院よ」

裕福な同僚は、首の後ろを叩きながら、後ろに立つ、派手な顔立ちの女に眼をやった。

「こいつの服を見に来たら、なんだよ、こんなところにいたのか?」

虚《うつ》ろ――というより曖昧《あいまい》な声である。別のものに気を奪われているのだ。ミスティを指さし、

「これ、あのミイラさんの中身？　あんた、天罰が降《くだ》るぞ――こんなもの凄い美人を独占して……」

「とんでもねえ――独占したけりゃしろ。みーんなおまえに任せる」

「ホントに？　よっしゃ――おまえ、もう何処へでも行っちまえ」

ちょっと、何よそれえ!?　と喚く女を放り出し、岩瀬はミスティのところへやって来た。

「おれのこと覚えてる？」

「知らぬ」

「え？」

「失《う》せい」

金メッキのブレスレットを巻いた繊手《せんしゅ》が、岩瀬の喉を摑むや玄関から通りまで突き飛ばした。頭をアスファルトにぶつけ、岩瀬は気を失った。

「おい――あんたの世話は、これからあいつが」

「おまえは私がいいと言うまで行動を共にする――良いな？」

光る眼で睨まれ、矢倉が一も二もなく首肯《しゅこう》してしまったのは、恐怖のせいもあるが、凄絶な美貌にイカれてしまった方が大きい。

「よし、では夜を明かす場所を探せ」

「カ、カプセル・ホテルでいいかい？」

「いいかい？」

「いえ、よよよろしいでございましょうか？」

「カプセルホテルの意味はわからぬが、おまえが言うのなら間違いはなかろう」

この女、おれを信じているのか、と考え、矢倉は仰天《ぎょうてん》するよりぞっとした。

ホテルは、〈旧新宿区役所通り〉のほぼ中央に面していた。

そこへ行くまで、優に一〇〇人近い男たちがミスティを誘いに近づき、どいつも地べたへ叩きつけられた。

何とかホテルでチェックインを済ませ、部屋の前まで来ると、

「どこが部屋じゃ？」

やっぱり、と矢倉は思った。

「そこだよ」

と小さなドアを指さした。それを聞いて内部を覗き込み、

「ここが宿か？」

「そ、そうだよ」

ぶちのめされるかと覚悟を決めたが、ミスティはさして気にした風もなく、

「狭すぎる」

と言った。

「我慢してくれ。節約しねえとな」

矢倉は内ポケットのあたりを上から撫でた。衣裳とハンドバッグと靴に百万少しかかったが、半分は丸ごと残っている。ミスティの隙を見てコンビニへ入り、セブン銀行から自身の口座へ入金しようと目論《もくろ》んでいたのだ。

「これは寝所ではない。死体を入れる洞《うろ》じゃ」

「……」

「いまから拡張工事を行う」

息を呑んだ。何となく想像がついてしまったのだ。

「おい、やめろ。他の客もいるんだぜ」

「このような宿へわらわを連れて来たおまえの責任じゃ。文句を言うな」

「いや、その、あの」

矢倉は論理的な抗弁が出来なかった。この女に言われると、ご無理ごもっともになってしまうのだ。

カプセルは縦二段、横は八列ある。ミスティのは下段だ。

上段のドアを開けた。

「な、何をする!?」

入っていた客が叫んだ。酒の匂いがした。

「黙れ」

男の襟首《えりくび》を掴むと、床へ放り出してしまった。

「何をする!?　警察を呼ぶぞ」

「うるさい。黙って見ておれ」

男がいたカプセルに上体をねじこみ、ミスティは拳をふり上げた——と言っても頭の横が精一杯だ。

だが、こじんまりとふり下ろした拳は、一撃で上段の床と仕切りと下段の天井を叩き落としてしまった。

ぽかんと口を開けている客と矢倉の前でミスティは一歩下がった。

「まだ足りぬな」

「おいおいおいおいおい」

矢倉の制止に合わせたように、ロビーの方から、ガードマンが駆けつけて来た。フロント係はいない。すべてコンピュータだ。

右手のマグナム・リボルバーが真っすぐミスティを捉えた。

「何してる、やめろ！」

「待っててくれ」

割って入ろうと矢倉が声をかけた。

「この女はおかしいんだ。射つな」

じろりとミスティがガードマンの方を向いた。その美貌と胸のふくらみにガードマンは眼を奪われた。ついでに理性も。

「そこにおれ」

破壊部分のみならず、その右隣りの上下二段分もぶち壊すのを、矢倉は呆然と見つめた。

二カ所の床と天井を両手で摑むや苦もなく引きずり出して、ミスティは二人の頭越しにロビーの方へぶん投げた。

凄まじい打撃音を聞きながら、洞窟のような四個分のスペースを眺め、

「これで良し」

満足気にうなずいて、三人の方を見た。

「わらわは休む。邪魔をするな」

と、下のベッドに潜りこんでしまった。

「起きろ。〈警察〉へ連絡するぞ」

何とか気力を奮い起こして、リボルバーの狙いをつけるガードマンの胸ポケットへ万札を一〇枚押し込んで、

「穏便《おんびん》に頼むよ」

「しかし——」

ガードマンは欲望と職務の間で揺れ動いた。

そこへ、

「おい、おれにも廻せよ」

と寝床を奪われた客がねじ込んだ。

「わ、わかった」

こっちも処理したところに、他の者たちが次々に現れ、眠れねえ、起こされた、おれにもよこせ、あたしもよと団交を開始した。

「何をしておる」

元凶が出てきた。その美貌にどよめきが通路を埋めた。

「見りゃわかるだろ。お蔭ですっからかんだぜ。一文無しだ、え？」

「ふむ、また金が無いと？」

「そういうこった。明日のタクシー代もねえ」

「しばし待て」

「え？」

全員が眼を剥いた。その前をミスティは悠々と通過し、ロビーへと消えた。

「あんたの女か？」

とガードマンが訊いた。

「お、おお、勿論だ」

途端に全員が矢倉を取り囲んだ。どの顔も狂っている。嫉妬であった。

「あんないい女を独り占めしやがって」

と最初の客が言った。

そうだそうだと同調の声が巻き起こった。

客のひとりが矢倉の手を取って、万札を乗せた。

「これは返す。その代わり、今日いちんち、あの女を貸してくれ」

「お、おれもだ」

「わしもじゃ」

どう見ても百歳近い老人が身を乗り出してきた。

「いい歳しやがって、養老院へ行きやがれ」

と罵《ののし》ったのは別の客であった。

嫌なら警察だ、という声が上がり、合唱になった。老人もフガフガ加わっている。

矢倉は頭を抱えた。正直、デートさせるのは構わないが、殺人事件に発展するのは眼に見えている。ミスティひとりならともかく、こちらの身に警察の手が伸びてくるのは真っ平だ。

トンズラするか、と思った。

そうだ、何も悩むことなんかない。ミスティを置き去りにして〈区外〉へ逃げ込んでしまえば、後は〈新宿警察〉が何とかしてくれるだろう。

「よし！」

手を叩いたとき、ミスティが戻って来た。

陶然と見つめる客たちを無視して、ドレスの胸もとから、到底納まるとは思えぬ量の札束を抜き取り、矢倉に手渡した。

あわてて帯封を数え、矢倉は眼を剥いた。

「これは——一千万もある。おい、まさか——？」

「良からぬ真似はしておらん」

信用できねえ、と矢倉は思った。客たちも眼を見張っている。

「じゃ、どうして？」

「あの店、まだやっておった。五曲ほど唄って来た」

「また行ったのか!?」

矢倉は仰天した。

「だが――客はみな帰ったはずだぞ」

「うむ、外へ出て通りかかった奴らを引っ張り込んだのじゃ」

「どどどうやって!?」

と訊いたが、想像はついた。

「通りへ出て、来いと手招きしただけじゃ。どんどんやって来よった」

想像通りだと思った。

「皆のもの」

いきなりミスティが声を高くした。激昂中の人間相手に、とんでもない言い草だが、全員が反射的に、ははあ、と一礼したのは驚きを通り越して喜劇の一場面であった。

「これから詫び料を渡す。これで今日の問題は解決とする。よいな？」

「ははあ」

数分後、大人しくカプセルへ戻った客たちに続いて、

「眠る」

ミスティも四倍にした寝床に入り、さっさと眼を閉じた。

2

早朝から強い風が雲を走らせ、〈新宿〉を薄闇に封じていた。

登庁して五分と経たないうちに、来訪者があり、しかも男だと聞いて、梶原〈区長〉は舌打ちした。

「面会の約束は？」

「ありません」

と隣室の秘書は応じた。

「では、却下だ」

「次は夫人同伴でと申し上げましょうか？」

「やめんか」

秘書の村田英美は、最近、イヤガラセが多い。自分との不倫現場の写真をホテルの従業員に撮られた梶原が、距離を置こうとしてるのが気に入らないのだ。

インターフォンを切ってから、一〇秒としないうちにドアが開いた。

入って来たのは、二メートル近い若い男であった。

その精悍かつ典雅な顔を見て、我を忘れずに済んだのは、もっと美しい男たちを知っていたからである。

「〈区長〉殿か？」

外国訛《なまり》だが、流暢《りゅうちょう》なこの国の言葉であった。

「左様。梶原と申します」

威厳も必要だが、選挙のために必要なのは、〈区民〉への丁寧な応待だと、百戦錬磨の公務員は心得ている。

「ダリスと申します。エジプトの出です」

浅黒い顔の中で、真っ白い歯がきらめいた。

「それは遠くから――で、御用は？」

と椅子を勧めた。

「私は恋人を捜しに〈新宿〉を訪れました。名はミスティ――ミイラの布で巻かれているはずです」

「さて――そういう人物の目撃談はありません
が」

「ならばよろしい。向こうもご当地に慣れるのに悪戦苦闘中でしょうからな。そこで、一つお願いがあるのですが」

　それを訊いた途端、梶原は、

「阿呆か」

と叫んだ。


　ミスティが、矢倉ともども訪れたのは、その一時間ほど後であった。

　予約でもしてあったかのように、スムーズに通され、対面した梶原を見て、

「何かあったのか？」

とミスティは訊いた。

　ちらと手元のモニターを見て、

「ミスティさんかね？」

と梶原も訊いた。

「ほお、知っておったか？」

「――で、ご用件は？」

　梶原のこの応待に、ミスティよりも同行の矢倉が訝《いぶか》しんだ。子供相手でも、訪問者にこんな魂が抜けたような接し方をする男ではない。

　その辺のところをどう捉えているのか、それとも何も感じないのか、ミスティは平然と、

「この街の統治権じゃ」

と言った。

「……」

「おまえたちは、わらわの臣民となり、わらわ

のために働け。さすれば、この街には永劫の栄光と繁栄が約束されるであろう」

「あっちは、万年と言った」

梶原は俯《うつむ》き加減でつぶやいた。

「あっち？」

ミスティの両眼が炎を噴きはじめた。

「わらわと同じ要求を成しに来た者がいたと？」

「そうだ」

「男か？」

「そうだ」

「名は？」

口に出したくないのか、梶原が沈黙していると、

「申せ」

梶原は顔を上げた。

「ダリス」

矢倉は眼を剥いた。ミスティが眼を剥いたからだ。だが、その顔は——激怒しているのか、それとも——

ミスティは続けた。

「その男がわらわと同じ要求をした。おまえはどう答えた？」

「断った——当然だろうが」

「それで済んだのなら、亡霊のような顔はしていまい。何を見せられた？」

「……」

「〝寿命半ばの運命〟、か？」

梶原の全身が、一度震えた。百回分をまとめたような一回であった。

「案ずるな」

とミスティは破顔した。

「その運命、わらわが変えて仕《つか》わそう」

ダリスと名乗った男が梶原に見せたものは、彼の妻と二人の子供が家の中で煙と火に巻かれる悪夢であった。出口を求めて逃げ惑う三人を炎の中から現れた妖物が襲った。

頭から食われる家族の絶叫と、地獄を見た表情は、いまも梶原の眼に灼《や》きついている。

「今のところはただの夢です。でも、あなたの返答次第で現実になります」

とダリスは事も無げに言った。

「いわば成立半ばの運命――まだ変えることは可能です」

「――そして、彼の要求を入れたのか？」

梶原は、いや、と答えた。

「一家の主人と〈新宿〉の〈区長〉は別だ。何が起きようと〈新宿区長〉の立場を他人に渡すわけにはいかん」

「立派なものじゃ。黙って帰ったか？」

「心変わりするのを待つと言ってな。またすぐに来るそうだ」

「ふむ。では、わらわもそうしよう」

矢倉は驚きを隠せなかった。この女が、こうもあっさりと要求を撤回するとは、ありえないことだ。

「だが、ひとつ要求する。次にダリスが来たら、即、わらわに連絡をよこせ」

「彼は自分のことを何も言わなかった。あんたも同じか？　あんたたちは何者だ？」

「わらわはシェラジーンの王女じゃ。そして、ダリスは――」

　矢倉が想像もつかなかった事態が生じた。ミスティがそれきり口を閉じたのだ。

「また近く」

　こう言って向けた背も、これまでよりいささか、か弱く感じられた。


「やけに素直に退散しちまったな、おい？」

〈区役所〉を出てすぐ、矢倉は心配そうに訊いた。

「気分でも悪いのか？　そもそも腹が減って意気が上がらなかったんじゃねえのか？」

「本気でそう思っておるか？」

「おお、勿論よ。いくら正体はミイラと言っても、その姿じゃ腹くらい減るだろ？」

　ミスティの表情がやや和《なご》んだ。

「それもそうじゃ。いい場所があるか？」

「任せとけ」

　矢倉が案内したのは、〈新宿駅〉北口近くの定食屋であった。

　すでに七割方詰まっていた客たちが、ミスティを見るや、ぎょっと箸《はし》を止めた。

「あーら、矢《やー》さんしばらく。ね、どちらの女王様？」

　カウンター越しにかけて来た女将《おかみ》の声はあながちお世辞でも揶揄《やゆ》でもなかった。

　その美貌に胸もとにドレスに飾りに吸いつい

てくる客たちの視線など全く意に介さず、ミスティはカウンターの席につくと、素早く四方を見廻して、

「ふむ、似ておるな」

と言った。

「あら、日本語上手ねえ——ね、何に似てるの？」

女将は嬉しそうに訊いた。外交辞令ではない。本気で訊きたがっているのだ。明らかにミスティに好感を抱いた口調と表情であった。

「店の作りと客たちの雰囲気じゃ。客が多いのも気に入った」

「へえ、お国はどちら？」

「あ、エジプト」

矢倉が答えた。

「へえ、スフィンクスやピラミッドのお国だね。カイロ博物館が移転するって話じゃない」

ミスティは少し黙り、矢倉に、

「どこの国の話じゃ？」

と訊いた。

「あ、女将、この娘《こ》は生まれてすぐこっちへ来たんで、生まれ故郷のことはよく知らねえんだ」

女将はへえと応じたが、何も言わなかった。訳ありはすぐそれと知れる。この街の住人たちの共通能力だ。

「わらわの国はシェラジーン。ナイルの岸辺に広がっている太陽と月に愛された国じゃ。一千万の民がおる」

「あら、東京より多いじゃないの。随分と広いお国を統《おさ》めてるのね。ご苦労様」

「苦労は当然じゃ。国を統めるとは、労苦の海

に身を沈めることじゃ。しかし、下々の者どもにそれがわかるとは限らぬ、いや、死ぬまでわかるまい」

おかしな方向に行き出したな、と感じた矢倉が、衝立《ついたて》式のメニューをミスティの前へ置き、

「さ、何にする？」

「読めぬな。わらわはよい。おまえが好きなものを摂《と》れ」

「それじゃ困るよ。注文してもらってなんぼの店だからね」

「飲みものだけでも良いのか？」

「ええ」

「ビヤ。大麦からこしらえた酒じゃ」

「わかった、ビールだな。一本頼むよ。おれは豚汁とさんま定食」

「あいよ」

3

ミスティの前にビール瓶とグラスが置かれた。

「何じゃ、これは？」

「ビールだよ」

「この瓶から、このカップに注いで飲むのか？」

「そうだよ」

「こんなものでは飲んだ気がせん。大ぶりの壺に入れて持って参れ」

「大ジョッキでいいのかい？」

と女将が訊いた。思った風はない。次に何をやらかすかという期待の表情だ。

「ああ」

何か起こっても知らねえぞ、という気分で、矢倉はうなずいた。

ジョッキが来た。

「ふむ」

満足したらしく、片手でジョッキを上げるとすぐに飲みはじめた。

コミックなら、うぐっぐっぐと擬音が入るところだろうが、ミスティは、うーぐうーぐで終わった。この間二秒——カウンターに戻したジョッキは、綺麗に空っぽであった。

「あらあ」

と女将は眼を剥き、テーブル席から覗いていた客たちもどよめいた。ミスティの行くところ、唸る奴らが続出するのであった。それから女将へ、

「何を見ておる？　中々の美味じゃ。シェラジーンのビヤよりイケる、もう一杯」

と言って、たちまち二杯を空にしてしまった。

「おい、こりゃ本物だぞ」

客たちが取り囲んだ。ひときわ太った太鼓腹《たいこばら》の大男が、

「え、あんた——おれとやってみねえか？」

と申し込んで来た。

「何をじゃ？」

「飲み比べだよ」

「断る」

「どうして？」

「喉が渇いたから飲んだ。競うためではない」

「そう言うなよ」

男は食い下がった。

「こんな飲みっぷりのいい女ははじめてだ。ビール代はおれが持つ。病院送りになったら治療費も任せとけ」

対決の顔になり切った男の懇願をミスティは無視した。

「済んだのか？」

と矢倉に尋ね、

「まだなら、待つ」

「おい、どうしても嫌だってのかい？」

男が怒りの声を絞り出した。店の空気に危険なものが混入しはじめた。

「やめよう」

矢倉が割って入った。男の肩を叩いて、

「な、その女はそんなに強かねえんだ。それに大ジョッキを三杯も空けたら、限界だよ。わかるだろ？　あんたに勝てるほど強かねえんだ」

してはならない間違いに気づいたのは、その瞬間だった。

ミスティが、じろりとこちらを睨みつけたのだ。

「わらわが、そ奴より弱いと申したのか？」

仮死状態になれねえかなと思いながら、

「いや、違う。間違いだ。おれが言いたかったのは――」

「もうよい、徐け」

肩を押されて椅子から転げ落ちたのを、客たちが止めた。空いた席を指さし、ミスティが、

「来い」

と言った。

「おお！」

太鼓腹をひとつ叩いて、男は椅子にかけた。

「ちょっと――およしよ」

心底、気遣う女将へ、ミスティが、

「そうそうのんびりもしておれぬ。女将《おかみ》よ、ジンはあるか？」

「無いね」

「では、この店でいちばん強い酒を持て」

「ウィスキーでいいかい？」

「強ければ良い」

二人の前にダルマとグラスが並んだ。

「おいおい」

なおも止めようとする矢倉へ、

「さっさと食事を済ませろ」

と命じて、ミスティは女将に、

「おまえは小さなグラスで客に酒を飲ませる癖があるのか？　先ほどのジョッキを持て」

沈黙が店内を駆け巡った。

それから、誰かが、漫画かよ、とつぶやいた。

太鼓腹男も眼を剥いたきりだ。

そんな莫迦な、と表情がいい、この女ならと同じ表情が認めている。

「何をしておる、注げ」

と命じても、動く者はなかった。現実と異常な空間に挟み込まれて、思考停止の状態に陥ってしまったのだ。

「おい」

ジョッキを突きつけても、太鼓腹も無反応である。

「軟弱者《もの》どもが」

吐き捨てて、ミスティはボトルを持ち上げた。

中身をジョッキに注ぎ、足りないと知るや、もう一本足して、縁まで満たした。

「おまえが挑戦者じゃ。礼儀として先に飲《や》れ」

とジョッキを男の前に置いた。

男はギクシャクとした動きでジョッキを摑むと、無表情に口をつけた。

水割りでもハイボールでもない。生の一気飲みだ。常人ならひと口で喉が灼けつく。

ぶうと吐き出したのは、やっと半分のところであった。ぱたりとカウンターに突っ伏した。

「注げ」

と命じた。女将はもう一本空けて、ジョッキを満たした。

太鼓腹はカウンターに突っ伏して柄に合わぬ可愛らしい鼾《いびき》をかいている。


片唾《かたず》を呑んでミスティを見つめていた客たちの耳に、このとき、哀愁を帯びた歌声が沁み入ってきた。

酒の女神は明日《あした》を知らぬ
男の財布に残るのは、女房の入れた一ギル一枚
帰っておいで　帰っておいで
邪魔しないでよ女神さま

それがミスティの唇から洩れていると気づいたとき、ジョッキはカウンターに戻った。

昏々と眠り続ける太鼓腹を見やって、

「酒代はこいつ持ちじゃ」

とミスティは言った。

「わかってますとも」

女将はうなずいた。ミスティを見つめる眼差しは、赤児に向ける慈母のものであった。

ミスティは客の中から矢倉を捜し出して、

「さっさと食わんか」

と言った。

「待ってくれ、いま」

それに重なるように、

「なあ、お嬢さま」

と切り出した客は、どんなつもりだったのか、

「女王じゃ」

「悪《わり》い、女王様。なあ、さっきの歌、続きがあるのか？」

「ある。下々の者たちの間で唄われておるヴァラじゃ」

長詩《バラード》かも知れない。

「なら、歌ってくれ。このおっさんが飯を食い終わるまででいい。あの歌をあんたの声で聴きてえんだ」

ミスティは沈黙した。それは女王の行為ではなかった。さっきのはふと口ずさんだ偽歌《ざれうた》だ。

小さな音がした。それは何度も続いた。誰かがはじめ、誰かが受けた。みなが広げた。拍手であった。女将も——厨房《ちゅうぼう》の親父も鳴らしていた。

無表情のミスティへ、

「やれよ」

と矢倉が勧めた。

うなずきもせず、喉も整えず、ミスティは唄いはじめた。

酒の女神は昨日も知らぬ
オアシスに伸びた髑髏《どくろ》の指は
情婦が焼いた石の盃《さかずき》をつまんでる
去《い》ってしまえ　去《い》ってしまえ
お願い、止めてよ女神さま

ミスティは通しで二度繰り返した。

歌い終えたとき、動く者はなかった。みな、あることを考えていた。

大事なもののことを。

まだ間に合うかも知れない。もう駄目かも知れない。だが、思いを馳《は》せることは出来る。

客のひとりが立ち上がった。

「ここに置くよ」

テーブルに乗った札と硬貨を指して出て行った。

「おれも行く」

「おれもだ。女房と餓鬼が待ってる。酒ばかり飲んじゃいられねえ」

「またな」

次々に人は消え、矢倉とミスティだけが残った。

「あんたのお蔭で商売上がったりだよ、女王さま」

だが、女将の声は、微笑を含んでいた。

無人に近い店で、ミスティは待ち、矢倉は豚汁サンマ定食を平らげた。

店を出るとき、女将が声をかけて来た。

「いい歌だったよ」

「左様か」

「ひょっとして――あんたも独りかい？」

ミスティは無言を選んで店を出た。

「なあ、おい――この街を支配するなんて、やめちまわねえか？」

矢倉は浮き浮きと話しかけた。

「ほお。やめてどうせいと言うのじゃ？」

ミスティの声に怒りがこもった。

「そんな声出すなよ。歌手になるんだ。おれ、マネージャーやるよ」

「莫迦者」

「そう言うなよ」

さっさと前進するミスティへ、矢倉は食い下がった。

「でっかい夢もいいけどよ、この世で生きてくつもりなら、現実を見ようぜ。現実に、あんたの唄は超一流だ。〈区外〉――いや、〈世界〉だって通用する。さっきの飲み助の女神さんの唄だって、大手のレコード屋で出しゃ、三日でミリオン・セラー間違いなしだ。あれだけで、一生食っていけるぜ」

「ならぬ」

「えーっ!?」

予想はしていたが、ショックは大きかった。ヘナヘナとしゃがみ込みかけた矢倉へ、

「ダリスも甦った」

「え？」

と眼を丸くしてから、

「〈区長〉が言ってた奴か？　何者だよ？」

「わらわの夫じゃ」

「え？」

二人は〈歌舞伎町〉の方へ向かっていた。

遊び人風の男たちが、ミスティを見るなり寄って来たが、ひと睨みで逃げ去った。

その間に、矢倉は気分を再醸成していた。

「亭主も甦ったなら、捜しに行ったらどうだ？

おれも手伝うよ」

「感謝はするが、無駄じゃ」

「は？」

「あ奴が甦った理由は、わらわを弑《しい》るためじゃ。

そして、わらわが甦った理由も」

「亭主殺しかよ？　何があったか知らねえが、何千年も前のこた水に流して、ヨリを戻したらどうだい？」

こうも言いながら、この二人が手を組んだら〈新宿〉も危ないと矢倉は危ぶんでいる。

黙然と進む二人を朝の風が打った。

「おまえ、妻はおるか？」

〈新宿通り〉を渡って、〈紀伊国屋書店〉の横の通りへ入ったとき、こう訊かれた。

「いたけどね。別れたよ」

「何故じゃ？」

「おれ見りゃ分かるだろう。大人しくリーマンやって一生終えられるような人間じゃねえんだ」

「自慢か？」

「違う。つまり、人間は自分を変えられねえってことさ。無視したっていずれボロが出る。そうして、はいサヨウナラ、だ」

「はじめて、おまえから真理を聞いたぞ」

「真理？」

「人は変わらぬものよ。摑んだつもりが、いつの間にか指の間から洩れ出てしまう砂に似ておる」

「いいこと言うねえ」

半分本気で褒めた。

「ダリスは北の小国ルズバドの王であった。対してわらわは、イプトの世界の半ばを占める大国シェラジーンの女王。夫を娶《めと》るよう神官どもに説得され、彼奴を夫に迎えた。ナイルの半分が祝いの品を積んだ舟で埋め尽くされたほどの大祝言であった」

何処かで座って話せないかと、矢倉は思った。

「わらわは彼奴を愛し、彼奴もまたわらわを愛した。我々は共に慈悲深い王と妃、黄金の絆《きづな》で結ばれた夫と妻であった。一〇年という月日が短いのか長いのか、今となってはわらわにもわからぬ。それは至福の一〇年であった。そして、その後には地獄が口を開けておった」

通りを上下する連中が、みな足を止めてこちらを見ていることに、矢倉は気づいた。

第三章　追って来た国王

1

　ノックで眠い眼が醒めた。体内時計は午後二時四九分を伝えている。

　全身を包む眠気が訪問者を嫌悪させた。

　素早く枕の下に寝かしてある「フ《F》ライデイ・ナ《N》イト・ス《S》ペシャル」を抜き出して、サイドテーブルのインターホンへ、

「誰だい？」

と凄味《すごみ》を効かせる。田宮貞二《たみやていじ》は殺し屋であった。

　返事はない。悪戯《いたずら》かと思った。

　起きてしまおうとバス・ルームの方を向いたとき、また鳴った。

　怒気が胸に溜まった。

「何だ？」

　田宮のFNSに安全装置《セフティ》はない。自動式《オート》だが、発火方式はダブル・アクション――回転式《リボルバー》と同じだ。オートのように一発ごとに遊底が後退して空薬莢《エンプティ・ケース》を弾き出し、次弾を薬莢《チャンバー》へ装塡《そうてん》する形式だが、引金《トリガー》はリボルバーのように戻ってしまい、オートのように軽く引けば発射――というわけにはいかない。狙いは大きく外れかねないのだ。その代償は、弾倉に二〇発収納の九ミリ・ショート弾である。極端な言い方をすれば、オートマチックそっくりの二〇連発のリボルバーを田宮は手にしているのであった。

　返事はない。

　殺し屋は切れた。

重い引金を引いた瞬間、新しいアパートの礼金と敷金のことが頭をかすめた。

続けざまに五発射ちこんだ。三メートル足らずの距離とはいえ、腹部の七センチ以内にまとめたのは、曲がりなりにもプロの実力であった。

ロックの解ける音がした。応答なしの時点で勧誘ではないとわかっていたが、これは厄介《やっかい》な敵であった。

田宮はＦＮＳを捨てて、ベッドの方へ跳んだ。枕の方に立てかけてあるベレッタの二〇連発ショットガン「スクリーム」を肩づけした。銃身の下に二本の筒型弾倉《チューブ・マガジン》を備えるショットガンは、九発の弾丸をまとめて二〇回目標に叩き込む恐るべき武器であった。

ドアのこちらに立つ長身の若者は、左の拳を鳩尾に当てていた。浅黒い顔に浮かぶ微笑とその結果の白い歯並びが、田宮の違和感を強くした。

「いい腕だ」

アラブ系と思しい顔立ちが、さらに笑みを深くした。

「何だ、てめえは？」

「ダリス。元は北の王国ルズバドの王であった」

気が触れているのか、新しい勧誘か。

「その王さまがおれに何の用だ？」

「夢から醒める刻限だ」

「てめえは阿呆か？　それとも眼醒まし時計の販売員か？」

「王だ」

ダリスと名乗った男は、右手で自分の顔を指さした。

「それで射てばわかるだろう」

「ドアを閉めろ」

「これは失礼をしたな」

後ろ手にドアが閉じられると同時に、田宮は発砲した。

九発の直撃を受けたアラブ人の顔は、凄まじい形相に化けたが、四散はしなかった。あり得ない現象であった。

左手の拳を上げて、顎の前で広げた。

額と左眼から粒弾《カケラ》がせり出し、手の中に落ちた。

鼻のつけ根、頬、鼻と上唇のあいだからこぼれる黒い鉛を、田宮は呆然と見つめた。

九発目が落ちると、ダリスは拳の中のものを田宮の足下に放った。フローリングの上に散らばったのは、二種類の弾丸——一四発であった。

それを数える前に、男の美貌が復元したのを、田宮は認めている。

ある光景が脳裡をかすめた。

紺碧《こんぺき》の空に浮かぶ白い雲とその下に広がる砂漠。単座戦車二輛に乗って疾走する若き王と女王。水辺だ。黒い塊が水面に蠢《うごめ》いている。こちらが気づくや、それは巨大な口に巨大な臼状の牙を並べて襲いかかって来た。河馬《かば》だ。王は槍で次々に奴らを仕止め、しかし、突進して来た一頭が戦車を倒し、王に襲いかかったおれは全てを見ていた。そして——

気がつくとFNSは別のものをポイントしていた。

「よいな？」

眼の前でダリスが訊いた。

田宮は引金を引いて、自らの顎から頭頂までを四散させた。


ミスティが足を止めたのは、「パリジェンヌ」のはす向かい――〈新・区役所通り〉に面したビルの二階であった。

地上から斜めに二本の階段が狭いホールへと伸び、その部屋はホールの左側にあった。

ドアに、

「武器あり」

と看板がかかっている。ご丁寧に韓国語、北京《ペキン》語、英語、インド語の文面も並んでいた。

思いがけない訪問先に、

「何処でこの店を知ったんだ？」

と矢倉が首を傾げながら訊いた。

「カプセル・ホテルとやらへ赴く途中で、看板を見た」

「目敏《ざと》い女だな。何を買うつもりだよ？」

「おまえは八百屋へ行って魚を注文するのか？　莫迦者め」

マイク付きのビデオ・カメラに目的を告げると、三重のスチール・ドアを抜けて入った。

カウンターの向こうで円筒型の移動式コンピュータと白髪《しらが》の男が二人を迎えた。

目礼もせず、ミスティは店内を見廻し、すぐに拳銃の棚の前に進んだ。

「これとこれとこれじゃな」

と防弾ガラスのケースを指さした。

「一応、この書類に記入してくれ」

白髪頭が差し出した電子ペンを無視して、ミスティはケースを開けようとしたが、ビクともしないので拳を叩きつけた。

通常の五〇倍も硬いはずの防弾ガラスはあっ気なく砕け、ミスティは三梃の拳銃を摑み出した。

「ん？」

が、キャタピラに乗ったコンピュータが、胸部からせり出した麻酔銃《パラライザー》をこちらに向けて、

「銃を捨てろ」

威圧感たっぷりの声で命じた。

「何じゃ、こいつは？　邪魔をするな」

「済まん。いま買い取るから」

矢倉は白髪の店員に駆け寄ろうとしたが、コンピュータがその前に立ち塞がった。

「動くな」

と機械は命じた。

「邪魔をするな」

とミスティはコンピュータと白髪男に命じた。

男は喚いた。

「そっちこそ何をするんだ？　銃を戻せ」

「一度手にしたものを戻せるか、愚か者。下がれ」

「よせ」

と矢倉が止め、

「捨てろ」

と白髪頭が言った。

「無礼者」

ミスティの右手で拳銃――アメリカン・ルガーM六〇〇Aが火を噴いた。

一発目がセンサー部分に命中し、コンピュータを停止させた。ミスティは、じっと武器を見つめた。

「何じゃや、この武器は？　稲妻を射ち出すのではないのか？　いや、からくりのミスかもしれん。もう一発」

白髪頭のてっぺんが数本舞い上がり、奥の壁に弾痕が穿《うが》たれた。

「やはり、おかしい。うむ」

三発目は白髪頭のこめかみをかすめた。立ちすくむ男の鼻先と肩口をあと二発削り取ってから、

「ガラクタめ」

とM六〇〇Aを床へ叩きつけた。立ちすくむ白髪頭へ、

「ここにある武器はみな同じか？」

「そ、そうだ」

「鉄の塊を射ち出すだけで終わりか？」

「拳銃というのは、そういうもんだろう」

白髪頭は血の気を失った。

「今日中に閉店せよ」

白髪頭と矢倉は顔を見合わせた。

「こんなやくたいもない武器を売るなど、不良品専門に違いない。わらわの国では断じて許さぬ。今すぐ店を閉じよ」

「ちょっと待て、あんた欲しいのは、どんな武器だ？」

「引金を引くと赤い光が出て、標的をみな溶か

してしまう」

「何だ、レーザーかよ」

と納得してから、矢倉はとび上がった。

「何万年も前に、レーザーガンを持ってたって
いうのか、おい!?」

「他に武器といえば火矢流弾くらいか。それは
五ドヤ先からも敵の陣地へ飛び込んで爆発する」

「ミサイルかよ!?」

「無ければ仕方がない」

ミスティは三挺まとめて放り出し、さっさと
出て行ってしまった。

矢倉も後を追い、

「なんで急に武器なんか？」

「ダリスはひとりではない。勘だが、この街に
は奴の部下がいるはずじゃ」

「何万年もそいつを待ってたって？」

「恐らくは、転生しておる。全くの別人として
な」

「え？」

と凍ってから、

「何人だよ」

「分からんが、五名以下であろう」

「じゃあ五人として、何処の誰かは見当もつか
ねえのか？」

「つかぬ。分かるのはダリスのみだ」

「それじゃ、あんたの味方は？」

「わからぬ」

「何でだよ？　向こうは分かるんだろ？」

「向こうは分かっても、わらわには分からぬの
だ」

「じゃあ、どうすりゃいい？　あんたひとりでダリスと仲間を斃《たお》せるのか？」

「部下だけならたやすいことだ。だが――」

「ダリスまではアウトかよ。こうなったら何でも味方をつけるしかねえ。よし」

「いい手があるか？」

「これでも〈新宿〉生まれでな。〈魔震〉の前も後も煮え湯を飲まされながらに生き抜いて来た分、伝手《つて》だけはあちこちにある。とりあえずひとりか二人、役に立ちそうなのを見つくろってくらあ」

「生命の無駄遣いじゃ、中止せい」

「えー!?」

「たとえこの街の戦士といえど、ダリスの側近どもに一矢《いっし》を報いるどころか、近づく前から殺《や》られてしまうばかりじゃ」

「おい、〈新宿〉を舐めんなよ」

自分の生きている足場ばかりか、自分まで否定されたような気がして、矢倉は立腹した。

「化け物同士の喧嘩なんざ三度の飯みてえなもんよ。どっかで待っててな。腕の立つ連中を連れてくる。なに三時間もありゃ十分さ」

「よさぬか！」

ミスティは一喝した。それはエネルギーさえ持って矢倉の鳩尾で爆発した。

「わらわが戦わぬ女王だと思うてか？　手足の指を一〇〇回ずつ切り取っても足りぬ戦さが、統治の日常であった。その中でわらわは数え切れぬ戦士たちを殺した。栄光にかがやく死もあれば、無駄死にとしか思えぬ死も命じた。だが、その果てには勝利と王国の繁栄が待っていたのじゃ。ならば良し。されど今回は真の無駄死にになる。誰もそのために生命を落としてはならぬ」

　稟たる女王の表情は、ヒイヒイ唸る矢倉の苦痛さえ忘れさせた。

「な、なんかイメージが違うぞ」

「何のことじゃ？　とにかくわらわの戦いに他人を絡ませることはならぬし、許さぬ」

「わ、わかったよ。妙なところで粋がりやがって。てめえ、何食ってんだ？」

　小さく吐き捨てるのが精一杯の、ミスティの気迫であった。

「なら、もうおれは用済みだ。せっかくの親切に唾かけやがって。後はもう好きにしろ。あ、ば、よ」

　そっぽを向いて歩き出そうとする肩を、白い手がそっと、ロボットアームのような力で摑んだ。

「いいい」

「おまえは、わらわに必要だ。途中退場は許さぬ」

「何でおれなんだ？　他に幾らでも役に立つ男はいるぜ」

「最初に会うたからじゃ。生まれたばかりの獣は、最初に眼に入った生きものを親と認識する」

「お、おれはてめえの親か？　冗談じゃねえ――助けてくれ」

　交差点でじたばたやっていると、いかにも商売帰りのホステスという感じの女が駆けつけて来た。

「ちょっと、そんなところでおよしよ。どうしたの？」

問われたのはミスティだが、答えたのは矢倉であった。

「助けてくれ。この女――〝切り裂きジル〟だ」

水商売は眼を剥いた。〝切り裂きジル〟は指名手配の女殺人鬼だ。過去のナイフ殺人鬼〝切り裂きジャック〟と同じやり口で若い男ばかり三十数名を殺し、今なお尻尾を摑ませない。

数歩下がって、逃げるかと思うと、ペンダントの紅玉《ルビー》をミスティへ向けた。

「動くな」

と女が鋭く命じた。今や疾走すべき車は交差点の真ん中で止まり、後方からの怒号とクラクションも無視した。二人の周囲は当然人だかりだ。スマホを向けているのは観光客だろう。

「何の真似じゃ？」

とミスティは平然と訊いた。

「〝切り裂きジル〟なら、一緒に交番へおいで。賞金一千万だよ。あたしゃ、それでアメリカへ移住するんだ」

「アメリカとは何処じゃ？」

「はあ？」

女は眼を剥き、観衆はどよめいた。

「ちょっと――本当に〝ジル〟なんだろうね？」

「勿論だ。早く交番へ連れてけ」

矢倉は頰を押さえて叫んだ。

「愚か者どもが」

ミスティは言い捨てて通りを〈職安通り〉方面

へ渡りはじめた。

「動くな」

　女の持つ紅玉が震え、無視して進むミスティの背中へ真紅の火線を引いた。レーザーガン内蔵のペンダント――その辺の出店で幾らでも手に入るホステスや観光客の隠し武器だが、人体くらい易々と貫通してのける。

　人の輪が悲鳴を上げた。ミスティの中心――脊椎の中央あたりに命中した火矢《ひや》は、ほとんど同時に撥ね返って、女のほぼ同じ部位を貫いたではないか！

「人を呪わば何とやら」

　立ちすくむ矢倉に、いつそんなことわざをと思わせながら、ミスティは坂道を上がっていった。

胸の傷痕から衣装の燃える煙を上げ続ける女のかたわらに、若い男がしゃがみこみ、その眉間に二本の指を当てた。

　注目した男たちの疑惑が、〝何をしてるんだ？〟から〝こいつ何者だ？〟に変わる前に、男は立ち上がり、

「後程」

　と言って人垣に紛れた。

2

　ひとりの女――それも自分とは無関係と言えない死を見ても、矢倉の胸は凪ぎっ放しだった。〈新宿〉では日常茶飯事のひとつだ。
　警察が来る前に、〈靖国通り〉方面へと小走り

に進んだ。

その肩を、ミスティとは別の、同じくらいの力がこもる手が摑んだ。

「な、何しやがる？」

サイボーグ腕を摑んでもどうしようもない。

苦痛に歪む顔の前に、別の顔が現れた。

鼻がつぶれて前歯がない。

「そうか――〈駅〉のそばで」

「ああ、おめえの連れに声をかけて、ぶちのめされたひとりよ。すぐ追っかけたが見失っちまった――なのに、いい所で出会ったな。女の方も若いのが尾けている。じきまとめて決着《おとしまえ》をつけてやるぜ」

「あんたら――何処の組のもんだ？」

「莫迦野郎――真っ当な会社の社員さ。『滝川興行』てな。おい、連れてくぞ」

横の通りに黒いリムジンが滑り込んで来た。


連れ込まれたのは、〈新大久保〉二丁目にあるビルの一室であった。

言うまでもないが、暴力団のアジトだと、名前を聞いたときから、矢倉にはわかっていた。

ビルの一階が事務所で、二階が社長室と会議室、矢倉は一階のオフィスに連れ込まれた。

たまたま居合わせた社員と合わせてきっかり一〇名が、木刀や高圧線片手に取り囲んだ。

車の中からの電話で話は通じている。

たちまち制裁がはじまった。

木刀で殴打され、肛門に高圧線を突っこまれて失神してしまったところを、水をかけられて起こされ、また——という状況で、玄関から男がひとり入って来た。

　青白い顔を見て、それこそ幽霊にでも出食わしたように、全員が身を硬くした。

「これは田宮さん」

　鼻をつぶされた歯なしが一礼し、全員がそれにならう。

「社長なら上ですぜ」

　と歯なしが階段の方を見上げた。

「空洲《あけす》てのは誰だい？」

　田宮の声は、一同を凍りつかせた。全身から漂うのは、〈区民〉なら誰でもお馴染みの「妖気」だ。

　みなの視線がいちばん小柄な男に集中した。唇の左端に大きな黒子《ほくろ》がくっついている。

「自分ですが——何か？」

　田宮の右手が上衣の内側へ入ると、細長い消音器《マフラー》付きのブローニングM1910を抜いた。

　棒立ちになる空洲の眉間を、九ミリ弾頭が射ち抜いたのは、次の瞬間であった。

　二つの反応が起こった。

「わわ!?」

　と後じさる奴らと、

「何しやがる!?」

　と日本刀や拳銃を構えた連中だ。

　つぶれた銃声が連続し、武器派は全員額を射ち抜かれて倒れた。本来の田宮からは考えられない手腕だった。

「わかった、やめろ！」

歯無しが絶叫し、生き残りは動かなくなった。

動きを取り戻したのは、顔馴染みの殺人者がいなくなってすぐである。

「死人は地下へ運べ。社長が来てから何もかも結着をつける」


荷物置場兼用の地下室に、血臭が満ちた。

五人の死体を放り出してから、ひとりが、

「こいつどうします？」

とひっくり返った矢倉を見た。

「あの女についてしゃべらせなきゃならねえ。早いとこ決めちまえ」

「へい」

日本刀の鞘から長い光が滑り出た。

「まず左腕を」

「よっしゃ」

「……やめ、ろ、こん畜生」

と矢倉は呻いた。

「なら、みいんなしゃべるんだな！」

男が舌舐めずりをした。眼に狂気が点っている。たった今、仲間を殺され、その死体を運んで来た。異様な精神状態が病巣のように脳を蝕んでいるのだった。

刀身がふりかぶられた。

「やめろ——しゃべるう！」

絶叫に風を切る音が重なり、目的地——肩の寸止めで止まった。

灰色の布が刀身に巻きついているのを見て、やくざたちの狂気は急速に終焉《しゅうえん》した。布は閉じたドアの下から伸びていた。

「なんだ、こりゃ⁉」

ひとりがドアに走って開けた。

悲鳴が上がった。

数十、否、数百条の布が室内に流れ込んで来たのである。

それらは日本刀でも斬れず、やくざたちの首や胴に巻きつくや、生き残りを絶やせとばかり、一気に絞めつぶしていた。

乱舞する布の間を、矢倉は夢中で走り、階段を上がって事務所の外へまろび出た。へたり込んだ頭上から、

「戻ったか？」

声の主が誰かは言うまでもない。

その胸と袖口、ドレスの裾から布が地面へこぼれ落ちている。それが、猛烈な速さで戻っているのだ。

数秒のうちに最後の一枚の端がとび込んで、恐るべき武器は姿を消した。

「それは何だ？」

矢倉は息も絶え絶えに訊いた。

「ミイラだったときの包帯が、一体何十キロあるんだ？」

「参るぞ」

「待ってくれ……動けねえ……」

何処かに力が入っただけで激痛が走る。

「軟弱者め」

軽蔑しきった表情で、ミスティは矢倉の頭に片手を乗せた。痛みは嘘のように消えた。

「どうやったんだ？」

驚きの声しか出なかった。

返事はない。

「参るぞ」

と繰り返して、ミスティは通りの方へ歩き出した。

怒っているような気が矢倉にはした。ひょっとして、しゃべると叫んだのを聞いていたのか？　いや、だとしたら、おれを助けるはずがない。

永遠の謎かと思いつつ、矢倉はしなやかな影を追いはじめた。


生命からがら脱出した矢倉の後には、凄惨な地下室が残された。

ひとりとして尋常な死を迎えた死体はなかった。絞首刑の場合、落下距離と死体の重量を測定した上で、リハーサルを繰り返しておかないと、最後の瞬間に首がちぎれ、胴のみが落ちるというが、それとも異る。その十倍を超す太さの、否、ずっと平べったい布地のようなものでくびり落とされた生首が、手足が、胴体が血の海の中に転がり、凄まじい勢いで加わった圧搾力に弾き出された眼球が、所構わず四方を眺めている。

全てを映し出しているのは、天井からぶら下がった裸電球であった。

電球が眼を剥いた。

死者の群れの中で、何かが動いたのだ。ただひとつ上階で、殺し屋田宮に射殺された社員――

空洲の死体であった。

　上体が起きた。

　剥き出しの両眼に意識が宿った。ここへ運び込んだ仲間たちは、異常さに気づいていたかも知れない。至近距離で眉間に命中した弾頭は、一〇〇パーセント頭骸を貫通して、脳漿とともに後頭部から噴出する。空洲にはそれがなかった。弾頭は脳内に留まっているとしか思えない。

　死体はそれを証明しようとするかのように、眉間の射入孔に指を根元まで突き入れた。そこで何が起きたかはわからない。二秒とかからず、小さなひしゃげた塊が小さな孔から飛び出し、開いた両脚の間に落ちた。九ミリ弾頭だ。

　血臭と死体が広がる裸電球のしたで、違《たが》えようのない歓喜の声が、

「甦ったぞ。おれの仕事はチンケな暴力団員じゃない。大殺戮だ。ああ、ここは何て素晴らしい街だ。人間も化け物も、まとめて骸《むくろ》にしてくれる」

　闇が落ちた。

　二人は〈十二社《じゅうにそう》〉にある矢倉のアパートにいた。

　外から〝内部〟をひと目見るなり、

「ここは奴隷小屋か」

　とミスティは訊いた。

「どういう意味だっ!?」

「シェラジーンの宮殿にも奴隷部屋はあった。これくらいの広さに二〇人は詰まっていたぞ」

「人権蹂躙《じんけんじゅうりん》だ」

「何じゃ、それは？」

矢倉は黙った。この女が生きていたのは、一万年の過去なのだ。

「奴隷と同じ小屋で悪いが、入るのか入らないのか？　嫌なら出てけ」

「やむを得まい。わらわが街を行くと、難題がふりかかって来るようじゃ」

「やっとわかったか」

「少し前向きにこれからの事を考えなくてはならぬな」

「少しはまともになってきたようだな」

2DKの部屋のうち、矢倉は六畳間をミスティに与えた。

「奴隷の部屋にしては、整頓されておるな」

「おれの部屋だ。そして、あんたは泊めてもらう立場だ。口の利き方に気をつけろ」

「なに？」

「い、いや、何でも」

たじたじとなりながらも、矢倉はなぜこの女を追い出さないのか自問した。現実的には交番にとび込むかパトロール中の警官に引き渡せばいいのだが、警官を殺しでもしたら〈区〉を巻き込む大騒動に発展しかねない。そして、〈区〉がこの女に勝てるかどうか。いや、その前に矢倉自身がどんな目に遭わされることか。

TVをつけ、ガスストーブに点火してから、二人で炬燵《こたつ》に入った。

向かい合っているうちに、思ったとおりの現象が生じた。

改めて、ミスティが途方もない美女だという認識が全身に沁《し》み込んで来たのである。

だが、この女の美は危険だ。蜘蛛《くも》の糸のように相手の精神を絡め取り、抵抗の意思も溶かして、操り人形に変えてしまう。〈ツェザーレ〉と同じだ。

だが、矢倉は忘れている。自室へ招いたのは彼自身の意志だということを。

「着替えるぞ」

いきなり言われた。宣言だ。

心臓が、どんと鳴った。

記憶がフラッシュ・バックした。

ドレスを買ったときに下着も購入した。半ば催眠状態にあった矢倉も呆れるくらいの恥知らずな品であったが、店員も少し眼を丸くしたきりで何も言わなかったのは、何もかも自分に合わせてしまうミスティの美貌と肢体のせいだ。

「あ、ああ」

「出て行け」

「ん？　ああ」

寝室へ移って少しすると、

「戻れ」

「ああ」

炬燵の上に、自分のパジャマを置いた。

「何じゃや？」

「パ――寝巻《ねまき》だよ」

ミスティは上衣の方を広げ、それからズボンの股間を眺めて、

「これは男の品ではないか？」

と訊いた。

「他にねえんだ。洗濯はしてある。着ろ」

「洗濯？　そうか、お前には女房がおらぬのであったな？」

「そうともよ、そんなもん。女なんか面倒臭え」

「男は？」

「もっといねえ！」

矢倉は喚いた。

「あんたの国じゃ男と男がくっついていたのか？」

「勿論じゃ。好き合うておるなら問題はなかろう。それで生きる希望になる。現に彼らは戦場でも並みの戦士の倍は働いた」

「随分と自由なお国柄だな、おい？」

「何を眼を剥いておる？　この街では違うのか？　随分とそれらしいのを見たが」

「ああ、そう言やそうだ」

「なのに、おまえにはどちらの恋人もおらん。余程の能無しなのか？」

「何だ、そりゃ？　能無しじゃねえ。言うなら甲斐性無しだ」

「ほお、面白い。まあ、自分の寝巻を自分で洗い、女の部屋のように整理整頓が行き届いておる。男の風上にもおけぬ奴——よし」

矢倉の頭頂から爪先まで戦慄の針が貫き通った。

「な、何をやらかす気だ？」

「おまえにいい相手を見繕ってやろうというのじゃ。もう少し嬉しそうな顔をせい」

「やめろ。余計な真似をするな。あ、あんたの気に入った相手なんて真っ平だ」

「わらわではない。おまえの相手だ」

「だから、気にするな。俺の恋人はおれが自分で見つける」

「甲斐性無しに出来るものか」

ミスティは高らかに笑った。

「よい、わらわに任せておけ」

矢倉が内心、ひええと叫んだとき、寝室の壁が激しく鳴った。

鈍い打撃音と女の悲鳴が伝わって来たのを、ミスティは無表情に、

「喧嘩か？」

「いつもだよ」

矢倉はうんざりし切っていた。

「毎晩、これくらいになるとおっぱじめやがる。あれだ、亭主の方はSだぜ。それで女はM」

「なぜわかる？」

「そうでなきゃ、毎晩あんなエゲつないこたあ出来やしねえ」

矢倉の声に女の悲鳴が混じった。

「これから当分続くぜ。耳ふさいどきな」

「近所迷惑じゃな」

ミスティは立ち上がった。

「どっ、どちらへ？」

「隣りじゃ。迷惑だと言うてくる」

「やめろ、な？　隣りの人間に怪我をさせちゃ、おれはここにいられなくなっちまう」

「莫迦な事を申すな。迷惑をかけられているのはおまえとわらわじゃ。静かにしろと説教してくるのの、何処が悪い」

「いや、悪くなきゃいいってもんじゃねえんだ

よ。声がうるせえと怪我でもさせたら、こっちが警察行きだ、あんたも何も出来なくなるぜ」

ミスティは、薄く笑い、矢倉は死にたくなった。

立ちすくんでいるうちに、ドアの閉じる音が聞こえた。

「待てえ!?」

矢倉も飛び出した。

ミスティは隣室のドアを叩きはじめたところだった。

「よせ、やめろ!」

止めたが、いきなり胸ぐらを摑んで持ち上げられた。

隣室から返事はなかった。ないから諦める女ではない。ドアはなおも激しい音をたて、とうとう住人が現れた。パジャマ姿の大男だった。腹が出ている。

「なんだ、おめえは?」

やくざたるものの口調と憤怒の表情が、ミスティの顔を見た途端に変わった。美人は得だ。

「うるさいぞ。近所迷惑じゃ。ＳＭごっこなら外でやれ」

「なにィ、自分の部屋で何をしようとおれたちの勝手だ。少しぐれえ我慢しろ」

「毎日だそうではないか。この男は鈍いからいいが、わらわは許さぬ」

「ゆ、許さぬ?」

男は左手一本で持ち上げられた矢倉に気がつき、明らかに混乱した。

「なんだ、てめえは?」

「シェラジーンの女王ミスティじゃ。本来ならば、おのれのごとき下々《しもじも》の下衆《げす》など言葉を交わすのも汚らわしい。これ以後、静かにするかしないのか？」

「なんだ、その口の利き方は？　このど女《あま》。てめえもうちのと同じ声をあげさせてやろうか、え？」

空中で、ああ、と絶望の呻きが洩れた。

「面白い――やってみるがよい」

一分後、ミスティと矢倉は部屋で着替えをはじめていた。

「なんてことするんだ、あいつは病院送りだぞ」

「当然じゃ。病院まで持てば良いがな」

「警察沙汰だぞ、やれやれ」

「それで逃げるのか？」

「そうだよ、仕方ねえだろう」

そのとき、チャイムが鳴った。

相手は隣室の女であった。肉感的な身体は傷だらけであった。かなり整った顔も痣だらけだ。

ドアを開けるなり、

「畜生、うちの夫をあんな目に遭わせやがって、只じゃ済まさないよ！」

矢倉は、落ち着けよと言ったが、ミスティが出て来た。

「そこで聞いていたが、あの暴漢を痛めつけたのが気に入らぬのか？」

「あれはうちの大事な亭主なんだよ。それを勝手にあんな目に遭わせやがって。うちの人は組に入ってるんだ。警察沙汰なんかにしやしない。覚悟しとき！」

言うだけ言って、叩きつけるようにドアを閉めてしまった。

説明すると、

「では、わらわが話をつけて来てやろう」

「いや、ちと待ってくれ。あんたが行ったら、人死《ひとじ》にが出るばかりだ」

「戦いにはつきものだぞ」

「そもそも最初から戦う必要なんかねえんだ。頼むから大人しくしといてくれ。おれが隣りに行って話をつけてくる」

「面倒なことになった」

てめえのせいだぞと思ったが、口には出せない。

そこへまたチャイム。

「なんでえ、今度は!?」

自分でも理解し難い気分でドアを空けると、右隣りの住人——塚本という品のいい老人であった。

「何やら大変なご様子ですな。お手伝いできることがあれば、仰って下さい」

「とんでもない。気にしないで下さい」

「そうですか?」

塚本老人は残念そうに、それでもチラリと矢倉の横から覗き込んで、

「これは美しい外国の方がおられる。いや信じられん。あなたもやりますなあ」

人をどう見てやがったんだ、この爺い、と思いながら、いやどーもと笑って、矢倉はドアを閉めた。

急に腹が鳴った。ここへ戻る前に、何か胃に

入れるつもりだったのを忘れていたのである。

「飯を食いに行こう」

「また腹が減ったのか？　面倒な男よ」

「自分が減らねえからって、その言い方はよせ。この干し物女。とにかくおれは出る。一緒に来い」

「待っていよう」

「ヤー公どもが来たらどうする？」

「戦うまでだ」

「ここは〈新宿〉だがな、おれは自分の部屋で死人を出したくねえんだよ」

「わらわなら心配はいらん」

「当たり前だ！　おれが心配してるのは、おめえの犠牲者だ！」

「――ならば、行こう。ダスマキめ」

「何だ、そのダテマキってのは？」

「ダスマキじゃ。事無かれ主義者めという意味じゃ」

「へいへい、大当たり」


通りへ出ると、目の前を十人近い男女が、次から次へと左方へ歩いていく。

「何じゃ、そいつらは？」

「何でもねえ。気にするな」

「あの顔はおかしい。呆けておる。目蓋《まぶた》さえ閉じておらん」

「いいんだよ、放っとけ」

それでもミスティは興味津々である。

「彼ら、何処へ行く？」

「食事だよ。おれたちと同じ」

「方角が違うぞ」

「ああ、あっちにはあいつら用の店があるんだ」

こう言ってから後悔したが、例によって遅かった。

数分後、二人は広い駐車場の前に立っていた。その左右を、次々と人々が流れこんでいく。すでに敷地はすし詰め状態だ。

奥にいる連中は異様な動き方をしていた。手元で何かを切り、それを口元へ運ぶ。咀嚼し、呑み込む。

「食事をしておるようじゃな」

「そうだ——ここは昔、『アンクル・トムの店』ってステーキ屋だった」

矢倉は暗い声で言った。

「四年前に地震が起きた。この店だけを直撃したところを見ると、〈魔震〉の仲間だったんだろう。何もかも地割れに吸い込まれちまった。ところが、それから一週間と経たねえうちに、『アンクル・トムの店』へ行くって言う客が出はじめた。近所に住む会社帰り、家族連れが、毎日のように通いはじめ、腹一杯に牛肉を詰めこんで帰ってくる。そして、一〇日も経つと片っ端から餓死して行くんだ」

「店も料理も幻だというわけじゃな」

矢倉は溜め息をついた。

よっぽど旨いステーキだったんだろう。

「警察も出動したんだが、止めても止まらねえから終いにゃガス弾、麻痺銃って騒ぎになった。ところが、みな涙を流しながら、這いずりながらステーキを食いにやって来る。仕方ねえから『彷徨罪』って無茶苦茶な罪名をぶち上げて、片端から検挙してみたが、人の流れは止まらねえ。とうとう放置ってことになっちまった」

「憑かれておるな」

「わかるのかい？」

「見える。店も料理人もホステスもな。おお、良い匂いじゃや。良い肉を使っておるな」

「そうとも」

　ふわ、と矢倉が前へ出た。

　入店の列に加わろうとする肩を、ミスティが押さえた。

「何しやがる!?」

「おまえも憑かれておる」

　抵抗する矢倉の後頭部を軽く突いて失神させ、軽々と肩へ担いだところで、店の奥から、白衣とコック帽を被った男がテーブルの間を縫ってやって来た。

「うちの客に何をする!?」

　喚く右手には、幅広の包丁を握っている。

　怒り狂った顔を見つめるミスティの眼には、何処か悲哀の色があった。

「ここはおまえのいる場所ではない。店閉まいをして行くべき場所へ行け」

「何ぬかしやがる。こんなにお客が詰めかけてる店を閉められるか。うちのステーキを食いたくなきゃとっとと出てけ」

　ここで顔つきが変わった。

「——それより、あんたも食ってきなよ。特別の肉を出すぜ」

「無用じゃ」

ミスティが身を屈めた。

親父が表情を変える前に、右手ごと摑んだ包丁は、その首を横一文字――骨ごとに断っていた。

ぶわ、と鮮血が噴き出すのを、矢倉を掲げて防ぎ、ミスティは一歩下がった。

親父は包丁を落とし、必死に息を吸いこもうと喘いだが、ついに皮一枚残して首をのけぞらせた。

不意に客たちの間にどよめきが広がった。

自分の行為を忘れたかのように、四方を見廻し、

「何処だ、ここは？」

「やだ、こんなところで何してるのかしら？」

と口々に喚く。店もステーキも消滅しているのだ。

肩に戻した矢倉が、あれ？　と自分からと び降りた。広場を見渡して、

「一体――そうか、呪いが解けたんだ」

とうなずく。その横を、首をかしげる人々の列が通り過ぎて行った。店主の姿もない――最初から存在しない男だったのだ。

程なく、二人は月光の下に佇んでいた。

人っ子ひとりいない空き地を見渡して、

「こういう場所は多いのか？」

とミスティが訊いた。

矢倉は何度もうなずいた。店主の返り血は後かたもない。

「ああ、〈区役所〉の話だと、二百や三百はある

らしいぜ」

「二百と三百では百の差がある。いい加減な役所じゃの」

「仕様がねえよ。ここは〈新宿〉だ」

「では——わらわが変えてやろう」

「え？」

ミスティがつかつかと空地の中へ歩いていくのを、矢倉は呆然と見つめた。何か言いたかったが、何も出てこなかった。

立ち止まり、ミスティは片足で黒土を二度踏んだ。

それからドレスの胸もとへ手を入れ、灰色の布切れを取り出した。言うまでもない。ミイラを包む屍衣《シュラウド》の一片である。

それを右の人差し指に巻いて、地面へ突き入れた。抜いた指に布はなかった。

それだけで戻ってきた。

「おい？」

「これで憑いたものは落ちたわ」

ミスティは溜め息をついた。疲れた風である。

「強い魔であった。まるでこの街の正体そのもののような」

悲劇の原因が小さな地震であることを、矢倉は思い出した。

しかし、そうなるとこの女——〈魔震〉をやっつけたのか!?

「夕飯はどうする？」

「え？　そりゃこれから行くさ」

「何か買うて来て、ここで食してもよいぞ。気持ちよく胃に収まるはずじゃ」

「いや、遠慮するよ」

「左様か」

本気だったらしく、ミスティは少し不満そうだが、何も言わなかった。

二人が立ち去った後、空き地は月光の下に静まり返っていた。

ひどく澄み切った月の光であった。

第四章　敵と味方

1

アメリカ最大の軍魔複合体企業「デッドベル」の統師グレゴリー・サントスは、その日の昼過ぎに私室を出て、屋上のヘリポートへ向かった。

そこから愛用のジェット・ヘリ「スプーキィ」を飛ばした先は、ケネディ国際空港に設けられた個人飛行場であった。

そこで、軍から供与されたばかりの最新イオン・ジェット「オネスト・リリイ」に乗り込み、豪華な機内で五時間ほど眠ると、成田国際空港であった。

ここで彼はタクシーを拾い、運転手に、〈新宿〉と告げた。

会社を出てからはじめての言葉であった。すべてはAI管理のヴィークルが担当したのである。

「お客さん、気をつけなよ」

運転手が英語で話しかけて来た。観光客が一億近い現在では、空港の運転手たちも、数カ国語を話す連中がざらにいる。

「みんな日本へ着くと、まず〈新宿〉って言うけどよ、行ったきりの連中も多いんだぜ。あそこで消えたら、いくら手を尽くしても見つからねえ。それを何とか出来るのは、ひとりだけさ。途方もなく色男の人捜し屋だそうだ」

「その人捜し屋とは、誰でも雇えるのかね？」

サントスは重々しい口調で訊いた。

「空いてりゃな。大概は手一杯だそうだ。ま、他にも人捜し屋はいるけど、雲泥の差らしいぜ」

「その節は世話になろう」

「気をつけなよ。自分が行方不明になってから、連絡しようったって、手遅れだぜ」

「もっともだ」

サントスは笑った。

「あの街を楽しむなら、〈区役所〉の出先機関で、信用できるガイドを紹介してもらうこった。後はガイドの言う通り動けば、安全に〈ゲート〉に戻って来られるさ」

「帰って来る、か」

とサントスがつぶやいた。

「そいつはどうかな。おれも、ミスティも」

その声の響きは、ひどく苦々しく運転手の鼓膜を叩き、彼を驚かせた。


〈新宿〉はまだ夜であった。

矢倉は近くの中華料理店で夕食を摂った。怖る怖るだったが、ミスティは料理に手はつけず、「老酒」を飲んだ。矢倉の選択である。

これが金的であった。

「美味じゃ、美味じゃ」

と言いながら、たちまち二本を飲み干してしまったものだから、店主が現れて、まず、

「こりゃ別嬪《べっぴん》だ」

と眼を丸くしてから、

「イケるねえ、お客さん」

と感服して見せた。

「シェラジーンにも東方からの商人が訪れた。

彼らが置いて行った酒に似ておる」

そして、手もとの盃を一気に空けて、

「お代わりじゃ」

「いいとも。うちで一番いいのを出すぜ」

と言いかけて、店主は矢倉の表情に気がついた。

「そうなのかい？　貸してもいいぜ」

そこでまた気がついて、

「酒乱かい？」

「わわわ」

と矢倉があわてても遅い。

「酒乱？　わらわがか？」

「いや、その」

「莫迦をぬかすな。このミスティ、いかなる使節の歓迎の席でも酒に酔ったことなどない」


正直、矢倉も酒乱について確信はなかった。問題はそうなった場合なのだ。

「次の瓶を運べ」

「いや、実はカプセルホテルで使っちまったもんだから、もう金がねえんだ。今日はこれでおしまい」

「ふむ」

と納得したとき、先に飲んでいた二人組の客が、老酒の瓶を片手にやって来た。

「さっきから見てたんだが、姐さんイケるねえ。びっくりしたぜ」

「大した飲みっぷりだ。おれたちの奢《おご》りだ。飲ってくれ」

と瓶をテーブルに置いた。

「やめろ、莫迦野郎」

と声を抑えて喚く矢倉へ、

「ま、あんたも一杯飲りな。人間、つき合いだ」

とひとりが波々と注いだものだから、根は好きな矢倉、ひと口飲ってたちまち盃を重ねてしまった。

「けっ、ざまあねえ」

と小さく洩らした男の肩を、もうひとりが摑んで、二本の空瓶を見せた。

髭面《ひげづら》に怯えがあった。人間離れした真似をする奴は、人間以外の生きものだ、という認識が〈区民〉にはある。驚く前に、呆きれる前に、嘲笑する前に、震え上がってしまうのだ。

「二本空けるのに二分とかかってねえのに、見ろよ。当人は赤くもなってねえ。この女――普通じゃねえぜ」

「化け物か？」

「わからねえが――多分」

「怖くなったか？」

と矢倉が小莫迦にしたように訊いた。

「おめえらごときが何とかできる玉じゃねえ。さっさと帰んな」

「舐めんな、この野郎」

二人目の男が裏拳《うらけん》を矢倉の顔面に叩きこもうとしたが、矢倉は難なく躱した。

「この野郎、見てろ」

男は老酒の空き瓶を一本、テーブルに置いて凝視した。

右手を手刀の形でふった――刹那に、瓶の首が跳んだ。空手の試し割りの中でも最も困難とされるビール瓶切りの応用である。飛んだ首は客たちの頭上を越えて、戸口近くの壁に命中した。

何しやがるという思いとは別に、客たちの眼には感嘆の色がある。

首無し瓶を矢倉に突きつけ、

「細工はしてねえ、てめえの首も女の首も、まとめて飛ばしてやろうか？」

それに対して、

「面白い」

と応じた者がいる。ミスティであった。

全員の視線がしなやかな肢体に吸いついた。何をしでかすにしろ、彼らの想像を絶したものになるのは明らかだったからだ。

「誰ぞ、酒を持て」

とミスティは言った。

ほんの少し間を置いて、

「よし、おれが奢る」

太った客が、女店員の方を向いて、

「おい、こちらの彼女に――老酒一杯だ」

と命じた。

「一本じゃ」

「――だそうだ」

女店員は無言で厨房《ちゅうぼう》の方へ戻り、注文の品を持って、ミスティの前に置いた。

次の数分は、誰の予想よりスムーズに進んだ。

ボーリングの玉ほどの酒瓶の首を摑むや、ミスティはそれを顔から三〇センチほど離して止めた。

右手の人さし指の先を底部から数ミリのところに当て、瓶に沿って走らせた。見る者が息を呑むほど精確な円であった。開始位置で指を止めると、その指の先で、底部を弾いた。

数ミリの底部は蓋のように弾けて矢倉の頭に被さった。

縁まで濃厚な酒の詰まった瓶を、ミスティは空手の男の鼻先に近づけ、

「飲るか？」

と訊いた。

空手男は首をふって、いや、と言った。総毛立っている。

「こいつは……失礼した……いや、凄ぇ……また見せて……くれや」

震える手で財布を取り出し、

「姐ちゃんここに置くぜ」

と言い残して出て行った。


どよめきが店内の緊張を吹きとばした。

「やるねえ、美女」

「あいつら、いつもエラそうにしててよ。いや、溜飲が下がった」

「あたしもせいせいしたわ」

いつも尻を撫でられている女店員が、満面の笑顔を向けた。

声は、ミスティが瓶の縁に口をつけ、あっという間に飲み干したところで、溜め息に変わった。

拍手が湧き上がった。

それらに片手を上げて応え、呆然と見つめる矢倉へ、

「食事は済んだか――ならば帰るぞ」

と告げ、さっさと店を出て行った。その後ろ

姿に、また拍手が上がった。

「あいつらもう、一生あんたのファンだぜ」

と矢倉は、息も絶え絶えの口調で言った。

「とんでもねえ悪女かイカレ女めがと思ったら――」

それに間違いはないが、本物の女王さまらしいな、と矢倉は思いはじめていた。


会社の寮へと歩いているうちに、怒りが湧いて来た。

異国の女の芸当は確かに凄かったが、怒りの源は、何もせず尻尾を巻いた自分たちの怯懦《きょうだ》ぶりであった。

瓶の首切りを見せた男が足を止めて、出て来た店の方をふり返った。

「戻るぞ」

「よせよ、もう気にすんな」

もうひとりが、薄気味悪そうに止めた。

「ありゃ人間じゃねえ。いくらおまえが頑張ったって――」

しまったと思ったが、空手屋は物も言わずに踵《きびす》を返した。

「おい、待てよ」

と、肩口を摑んだ鳩尾に、凄まじい衝撃が加わった。

崩れ落ちる同僚を、別の人間に向けるべき憎悪の眼で見やりながら、

「後でな」

と空手屋は歩き出した。上衣のポケットに手

を差し入れた。金属製のナックルに指を通すと、外へ出して振った。

風を切る音は速くて重かった。

どうしてさっき使わなかったのかは考えないようにして、先を急ごうとするその前に、ふっと人影が落ちて来た。左右はビルだ。それは明らかに闇天《あんてん》から舞い下りたのである。

小柄な、背広姿の男であった。唇の左脇に大きな黒子《ほくろ》があるが、よく見えない。

空手屋が、はっと右へ移ると、男もそうした。

「何だ、てめえは!!」

喚いた胸元へ男が飛びこんだ。飛ぶような動きであった。

二人は倒れなかった。後退もしなかった。

そのまま垂直に浮かび上がったのである。

ぐんぐん遠去かる地上の光を見下ろし、空手屋は頭上の月も仰いだ。

「どうしようってんだ!?」

と絶叫すると、

「上がった地上、下りてもらわんとな」

と相手は憫笑《びんしょう》した。

「生まれ変わったら、いいタッグを組もうぜ」

男を抱きすくめる前に、空手家は蹴り飛ばされていた。地上まで一〇〇メートルはあった。


とりあえず塒《ねぐら》を考え、矢倉はタクシーで〈高田馬場〉へと向かった。

「何処へ行く?」

「任しとけ。いい〈廃屋〉があるんだ。その辺のやくざどもも知らねえ隠れ家がな」

〈高田馬場駅〉の裏手に、かなり広い〈廃屋〉が月光の下に横たわっていた。〈危険度〉は〝1〟。〈ファースト・セフティ・ゾーン〉である。

一応、立ち入り禁止テープが貼ってあるが、昼は子供たちが平気で遊ぶ場所だ。

白い息を吐き吐き、矢倉は奥へと進み、コンクリ塊が重なり合って、小さな建物を構成している前まで来ると、隙間に顔を寄せて、

「おれだよ」

と声をかけた。

何処かで、ピーという音が鳴り、コンクリの塊がそれぞれ三〇センチほどずれた。

跡に出来た狭い空間に、

「入るぜ」

と声をかけて、矢倉は身を低くして潜りこんだ。やくざどもから受けた制裁の痛みはない。

天井から裸電球がぶら下がって、足下の階段を浮き上がらせていた。

外へ光が洩れないよう、隙間には黒いスモーク・シートが貼ってある。出入り口は閉じていた。

矢倉を先に、二人は階段を下りた。

ビルの地下らしい荒れ果てた室内が待っていた。廊下の左右にスチール・ドアが並び、手前に、プラスチック製のドームが置かれていた。

ドームの中央部に穴が開き、白髪の老婆がこちらを向いていた。

「誰じゃ？」

とミスティ。

「〈廃墟ホテル〉の管理人だよ。リンダ婆さん

だ」

「年齢《とし》と名前が合わんな」

「人間いろいろあるんだ。余計なことを言うなよ——。ダブルで一部屋」

「六万だよ」

「相変わらず高《たけ》えな。儲かってんだろ、値下げしろや」

「泊まるのか泊まらないのか？」

「あいよ」

矢倉はカードを渡した。かたわらのセンサーを通して、すぐに返し、老婆は台の左からカード・キーを一枚取り出して手渡した。

番号は118である。

ドームの対面《といめん》に簡易エレベーターが取り付けてあった。

階数表示はB8まである。

矢倉はB8のボタンを押した。

2

最下階も上と同じ構造であった。一本きりの廊下の左右にドアが並んでいる。

「片方五室で計一〇室だ。それが八階分——かなりの規模だろ。おれたちのは最後の一室だそうだ」

「なぜ、ちゃんとした旅籠《はたご》を建てぬ？」

「ここは道の上を歩けねえ連中専用の宿屋なんだ。〈新宿〉生まれの〈新宿〉育ちだって、知ってる奴はまずいねえ。二、三日泊まってほとぼりをさますんだ。その間におれは、新しい職と部屋を捜してくる」

部屋へ入った。打ちっ放しのコンクリートの世界に、ダブル・ベッドと机と椅子が並んでいる。

「ここで眠るのか？　何度も言うが奴隷の部屋よりひどい」

「贅沢言うなよ。モットーは〝節約〟にするぜ」

「それは構わぬが、おまえもここで寝るのか？」

「ああ。二部屋なんざ勿体ねえ」

「ベッドに入る気か？」

「安心しな。床で寝てやるよ。おれは慣れてるんだ」

「前世は虫じゃな」

「どういう意味だ？　さっさと寝ろ」

「よかろう。寝巻に着替える。外へ出ろ」

「へえへえ」


何故ひと晩に二回もパジャマに着替えにゃならんのだと、憤っている間に、矢倉はあることに気がついた。それは疑念とつながり、みるみる膨れ上がった。

すぐに備えつけのパジャマ姿で現れたミスティへ、

「今までのあんたの言動からすると、こんな安ホテルへ、男と同室なのはとんでもないと喚きだすはずだが、みょうに大人しい。何を企んでいるんだ？」

「そういうのを下郎の勘ぐりと言うのじゃ」

ミスティはせせら笑って、

「わらわは、安寧平穏な日々を送った王ではない。戦場へ出た数は、どのような家臣や戦士よりも多い。男たちが傷つき倒れていく戦場で、わらわひとりが別建てのテントで湯浴みをしていられると思うか？」

「――ひょっとして、あんたもあれか――チャンバラしたのか？」

「チャンバラ？」

「いや――斬り合いだ。こうやって、チャリンチャリンと」

ミスティはにっと笑った。

「愉しい時間であった。生きている実感を味わえた」

背筋が凍る思いを抑えながら、矢倉は訊いた。

「捕虜はどうした？」

「そのようなものは邪魔だ。労働力なら余っておる。養い扶持が無駄じゃ」

降伏した敵側の運命を考え、矢倉は身震いした。何とかまぎらわそうと、

「けどよ、捕虜の中にもいい男はいたんだろ？　そういうのを選んで、宮殿にハーレムでも作ったんじゃねえのか？」

その喉元に白い手がのびて、彼を天井近くまで吊り上げた。

「あわわ」

「その辺の女どもと一緒にするな。わらわはひとりの男しか愛したことはない」

「え？」

別の意味で矢倉は心臓が止まるかと思った。

この女――冗談か。

矢倉は次の言葉――笑わせんなよ、を呑みこんだ。ミスティの顔だ。

この女が――こんな表情を作るとは。

「ひょっとして――振られたのか？」

小声で訊いてみた。半分は面白がりだが、半分は同情だった。女王の顔は、それほどの寂寥《せきりょう》に満ちていた。矢倉は無事に下ろされた。

次は何を言おうかと思っていると、ミスティは眼を閉じた。

すぐに開くと、矢倉はまた心臓が止まりかけた。女王の眼と顔を支配している感情は、紛れもない憎しみだったからだ。

素早く後じさって矢倉はヤバい状況にある女を見つめた。

「ダリス――ルズバドのダリス――わらわは忘れぬぞ」

低声は怒号のごとく矢倉に押し寄せ、巻き込んで翻弄《ほんろう》した。彼の精神がそれに耐えられなくなる寸前、静謐《せいひつ》が戻った。

頭をふって前を見た。

ミスティはベッドで背を向けていた。

そのとき、矢倉は想像もしなかった感情が胸から溢れるのを感じて、右手を眼に当てた。

「何だ、こりゃ？」

声の意味もわからない。わかるのはひとつだけ。

それは涙に違いなかった。


翌日の朝。近くの喫茶店で朝食を摂った矢倉に、ミスティは、また〈区役所〉に行くと告げた。

「飽きねえなあ」

「領地の確保じゃ」

梶原は休みであった。矢倉が理由を尋ねても埒《らち》が明かないので、ミスティが秘書室に押しかけた。

「何も申し上げられません」

と拒否する瞳が、燃える紅《あか》を映した。ミスティの眼であった。秘書の表情が失われ、抑揚のない声が、ぼんやりと、

「本日は休むと連絡がありました。理由はダリス氏との会食です」

「場所は何処じゃ？」

「〈新大久保〉の〈パラノイア・パーク〉の廃墟です」

タクシー乗り場へ着く前に、矢倉が止めた。

「行き先までしゃべった。あんたがやって来るのを見越してるんだ。これは、ダリスとかいう野郎の罠だぞ」

「恐らくな。だが、放っておいても別の手を考えるじゃろう。面倒だ」

「そういう問題じゃねえ。わざわざ罠にかかりに行く莫迦が何処にいる？」

「かかりに行くとは限らん」

「え？」

「昨夜、おまえの部屋にあったガイドブックを暗記した。〈歌舞伎町〉に〈爬虫類屋〉というのがあるな？」

「ああ」

「連れて行け」

「あんな気持ちの悪いところへか？」

矢倉はゲンナリと唇を歪めた。

コブラの器に手を入れるミスティを、店長と矢倉は黙念と見つめた。

二人して止めたが、耳を貸す相手ではない。一匹ではない。独特の膨《ふくら》みの先にある小さな顔が、牙を剥いて白い手に襲いかかった。

手が霞《かす》むように動くと、ミスティは三匹の尻尾を摑んでガラス器の外へと摑み出した。

なおも牙を立てようとのたくるのを、ひと振りで大人しくさせ、

「貰おう」

と言った。

「いいけど——何に使うんだ。その三匹は普通のコブラじゃねえ。店で実験用に改良した特別種だ。腹が減っていようといまいと、動くものすべてに襲いかかる。ひと咬み分の毒薬で、百万人を殺せるんだ。逃げ出したら大事だぞ」

「逃がさぬ」

右拳の下でのたうち、牙を剥くコブラを、ミスティは平然とドレスの内側へ収めた。

3

正午少し前に、二人は目的地に到着した。

〈パラノイア・パーク〉は、マニアの間で、初代《オリジナル》〈パラノイア・パーク〉と呼ばれる。元はV《ヴァーチャル・リアリティ》Rセンターだったのだが、イメージ造型がリアル過ぎ、ついに死者が続出。〈区〉の命令で廃止に追いこまれた。現在は〈新《ニュー》・パラノイ

ア・パーク〉が〈大久保駅〉近くに開館。こちらはこちらで人気を集めているが、〈初代〉の刺激が忘れ難《がた》く、ひそかに来店し、エネルギーをチャージした旧ゲームを楽しむ者が後を絶たないという。

二人が足を踏み入れたときも、明らかに人の気配があちこちに漂っていた。

照明の代わりに、ゲームやスクリーンの陰から、ひそかな効果音と音楽と光が姿を現しては消えていく。光は幾つもの影を浮かび上がらせた。

「危いな。人がいるぜ」

矢倉が唇を噛んだ。

「そのダリスって野郎、よくこんな場所を指定して来やがったな」

「あ奴は子供を盾にすることも厭《いと》わぬ」

「殺すのもってわけか？」

「おまえはその辺に隠れておれ」

「やだよ。外にいるぜ」

「ならぬ。この店について、わらわはまだ良く知らぬ。おまえの知識と経験が必要だ」

「いちいちおれの意見を聞きながら戦うつもりかよ？」

「それが現実じゃ。ゼルトンの軍と戦ったときも知らぬ土地での短期決戦となり、わらわは土地の住民から話を聞きながら戦ったものじゃ」

「短期決戦てどれくらいだよ？」

「七日間じゃ」

「ここで一週間も戦う気かよ、おれの意見を参考にしながら？」

「そうじゃ。条件は向こうも同じであろう」

「そんな奴が、こんな場所を指定してくるのかよ。前もって十分な知識を仕入れて来るに決まってる。確実に敵を仕止めるには、まず自分が土俵——リングに上がるこった」

「ふむ」

と応じた右頰を緑色のビームがかすめた。

前方の下スクリーンの中に登場した兵士が、レーザーガンの引金を引いたのだ。

「無礼者」

言うなり、ひとすじの布がびらびらと兵士に巻きつき、一気に締め上げた。電子の身体は歪み、ハレーションを起こすや、悲鳴も上げずに消滅した。

かすった部分に手を当て、

「焼けておる」

とミスティはつぶやいた。

「だろ？　ここでのゲームは限りなく本物に近いんだ。三次元の武器も良く出来てるが、本当に人が殺せるとは、プレイヤー以外は思いもしなかった。その挙句が死体の山だ」

ミスティの美貌と肢体の悩ましさに周囲から驚きの声が上がった。

ミスティは四方を見廻した。

「用があるのは、〈区長〉とダリスじゃ。ここを指定した以上、ここにおるはずじゃが」

「〈区長〉なら奥のコーナーにいたぜ」

とプレイヤーのひとりが声をかけて来た。

「おれたち危くて近づかねえんだが、あんたならやれるかも」

プレイヤーの眼から眼を離して、

「やはりいたか、参るぞ」

と矢倉に告げ、ミスティはプレイヤーが指さす闇に近い空気の中へと消えた。


禁忌の部屋は広さも装置も他と変わらなかった。

そして、中央のテーブルを囲む椅子に、確かに二人の男がかけていたのである。

ひとりは〈区長〉の梶原だ。そして、もうひとりは、ミスティと等しい浅黒い顔をたくましい身体に乗せたアラブ系の若者であった。三つ揃いのスーツが美しいと言っていいほど似合っている。


「ミスティよ、別れの挨拶、覚えておろうな」

「――『必ず、また』であった」

声の響きは、矢倉に眼を剝かせた。

――この女、哀しんでいるのか？

「そうだ、願いは叶ったようだな」

静かに告げる男に、ミスティは笑いかけた。

「それはお前の願いじゃ。わらわにあらず。ダリスよ、おまえはなぜ、この世界の、この街に甦ったのか？　わらわを求めてではあるまい」

「おまえはどうだ？」

若者――ダリスの声に、ミスティは記憶を辿るような眼差しになって、

「わらわは地の底で目醒めた。何か強い意志のようなものを感じた。一刻も早く、地の底から出よ。そして、〈街〉へ行け、と」

「〈街〉か」

ダリスは鋭い眼で、広い廃屋を一望した。ここが〈街〉の全てであるような眼差しであった。

「では、おれも正直に伝えよう。おれの柩もおまえと同じ空飛ぶ船に乗っていたと、知っておるか？　おまえが目醒めたとき、おれはまだ死の国にいた。目醒めたのは、お前が地上へ出てからだ。そして——」

彼は言葉を失ったかのように沈黙した。少しして、

「おれも促されたのだ。外へ出ろ。そして、おまえを殺せ、と」

「わらわを殺せ、と？」

「そうだ。何故かは見当もつかん。だが、逆らうことは出来ぬのだ」

「何故じゃ？」

「わからぬ」

空気ばかりか、聞く者すべての胸を凍りつかせるような声であり内容であった。遥かなる過去で競い合ったらしいこの二人は、現世に甦った理由も知らず、また死闘を繰り返せと命ぜられたのか。

「ミスティよ——そのときに感じた、朧気《おぼろげ》よりも遥かに薄く、限りなく忘却に近い感覚であったが——おれはそう命じたものに——」

「心当たりがあった、と？」

「今となっては、はっきりと忘却の霧の中だ。おれはおれの意志で動いておる」

「わらわを殺《あや》めんとするのもそなたの意志か？」

異様に冷たいミスティの声であった。

ダリスは女王を見つめた。

「私と手を組まぬか、ミスティよ？」

これは妥当な申し出というべきか、奇想天外なプロポーズと言うべきか。ミスティの返事はすぐで、短かった。

「また同じ愚は犯さぬぞ、ルズバドのダリスよ」

「よおくわかっておる。だが、いま一度、名前の前に〝我が〟とつけてはくれぬか」

びらびらと流れ寄る灰色の布から、ダリスは三メートルも跳びずさった。

緊張した表情に、拭いようのない翳が差した。うなずいた。何かを思い切ったようであった。

「思わず逃がれたが、無駄なことだ、ミスティ」

その身体を死の布が包み、一気に締めつけた。

「ぐおおおお」

苦鳴がこの世のものに聞こえなかったのは当然だ。見よ、頭頂から爪先までを包まれたダリスの肉体は肉も骨も究極までに圧縮され、砕けつぶれ溶け合い、奇怪な融合物と化すや、ついには電子と原子核までが重なり、消滅してしまったではないか。

「消えた」

と矢倉が呻いた。その眼前で布が戻っていく。ミスティの胸元へ、袖口へ、後ろ襟へと。

息もせず凝視を続けていた人々の口から一斉に吐息が放たれた。

だが、

「一時的な勝利じゃ。奴はまた甦る」

こう言って、ミスティは梶原〈区長〉へ歩み寄り、術にかけられていると思しい曖昧な顔を覗きこんだ。

正気が戻った。

左右を見廻し、

「何処だ、ここは⁉」

と眼を丸くする〈区長〉へ、

「戦場じゃ」

とミスティが告げた。

「――君か⁉」

梶原は驚き、すぐに何か思い出したように、

「そうだ。この間も君の前にやって来た男が再び訪問し――そこからは何も覚えておらん。ここはゲーセンだな。何のためにわしを連れて来たのだ？」

矢倉が答えた。

「もう何でもいいんだよ、〈区長〉さん。もう話は済んだ。あんたに用もねえ」

梶原は彼を見て、

「この前、一緒に来た男だな。この女と組んで何を企んでいるのだ？」

「ダリスは消滅したんだ。〈新宿〉はこの女のもんだぜ。そうだろうが？」

「莫迦なことを言うな」

そっぽを向く梶原へ、

「莫迦なことではない」

とミスティが言った。

「おまえは、わらわの前にダリスが来たから、領土問題の件は後廻しと言った。では彼が消えた以上、〈新宿〉とやらの一部をわらわの領土と宣言して差し支えあるまいな」

「ど、どういう理屈だ⁉」

梶原は蒼白となった。その耳におびただしい音が弾けた。見物人たちの拍手であった。プレイヤーもいる。観光客もいる。ただの通行人もいる。その全員がミスティの宣言に拍手を送っているのだった。

「支持層が多いぞ」

ミスティは得意気であった。

「これで決まりじゃな」

「何を言う？　勝手なことをぬかすな！」

梶原は逆上した。ミスティが本気なのは明らかだ。それよりも、この莫迦莫迦しい要求が実現性を帯びているような気がして、彼は怯えた。

「この際、旧い権力者の言葉は無視する」

ミスティはきっぱりと言った。

「ふざけるな、わしを誰だと思っている？　八期当選の実績を誇る梶原だぞ。何処の女王様だか知らんが、寝言は寝てから言え！」

「ふむ、では明日、もう一度〈区役所〉とやらに顔を出そう。それまでにどう出るか、腹を据えておくがいい」

こう言って、にやりと笑ったミスティの笑みほど、矢倉を戦慄させたものはなかった。

4

緑色の光が二人の前後左右を流れた。光が命中した物体は、コンクリートの床も鉄のゲーム器も白煙を上げて蒸発した。

「ダ、ダリスの家来か!?　いよいよ本気だぞ！」

へたり込んで頭を抱える矢倉へ、ミスティはその通りだと応じた。

前方の大スクリーンのまん前に立つ無骨な装甲姿の男であった。鎧《よろい》のようにごつごつしてはいない。顔も剥き出しだ。

「ダ、ダリスだ」

「違う」

とミスティは否定した。

「お前が第一の刺客か。久しぶりじゃな、ニギス」

「誠にお会い出来て嬉しゅうございます、ミスティ様。ガザル、ナジーク、ウヌマーン、イドリスの面々も再会を期待しておりましょう。ですが、彼らの拝謁は叶いませぬ。あなたはここで私めの手にかかるからでございます」

「勝てるか、ニギス？　レジャクの平原でおまえを手にかけたのは、わらわじゃぞ」

ミスティは嘲笑した。

「あれから万年余――私は死の国で、あなたの技を破る力を得るべく、死の国の番卒に魂を売って、舞い戻ったのでございます」

「それは面白い。では試してみるがよい。その前に――」

「はい」

「ダリスと他の四人は何処にいる？」

ミスティの言葉に矢倉は眼を剥いた。

ダリスは、この女王自身がその屍衣《シュラウド》で物理的に抹殺したのではなかったか。

「それは申せませぬ。戦いの際は、彼から使いが参上するでございましょう。ですが、それは必要ございません」

「妻も子もいるから生命ばかりはと生命乞いした男にしては、大した自信じゃの」

ニギスの顔がどす黒く染まった。憎しみの毒の仕業であった。

「死にそうらえ！」

両手が前方に突き出された。

そこから波のようなものがミスティへ走ると、彼女は豊かな胸を押さえて片膝《かたひざ》をついた。それは心臓のみを直撃する衝撃波であった。

ミスティの顔は紙の色となり、呼吸は切迫した。

「やりよる」

「左様、もう一度送れば、あなた様の心臓は動きを止めましょう。ダリス様の前へお連れいたしとうございましたが、やはり、ここで」

「引導を渡すか？」

「左様」

「その前に、わらわが渡してつかわそう」

ミスティは立ち上がった。それまでの苦悶のかけらも感じさせぬ立ち方であった。

「ミスティ様!?」

「わらわに心の臓はない」

と女王は唄うように言った。

「我らの国の『偽神体』の作り方は、うぬらも存じておろう」

「そうか――内臓は全て抜き、秘宝とともに埋葬される。すると心の臓は？」

「彼方《かなた》の地で見るがよい」

立ちすくむニギスの首に一枚の灰布が巻きついた。一瞬の猶予《ゆうよ》も与えず、彼の首はくびり落とされるはずであった。

「あっ!?」

と叫んだ声は数秒であった。矢倉と、いつの間にか奇怪なる死闘に気づいて、その周囲を取り巻いていた若いプレイヤーたちである。彼らは、ニギスの凄惨な死に驚いたのではなかった。

首に死の布を巻いたまま、ニギスは背後のスクリーンへ、ひょいと入りこんでしまったではないか。

「自分はもともとゲームのキャラクターとして転生したのでございます。３Ｄの実体化もキャラとしてのサービス」

首に巻いた布をつまんで、彼は足下へ落とした。ミスティの懐ろから流れた本物は、スクリーンの足下に落ちている。

「こちらの世界にいる限り、血と肉に支配される現実の手は届きません。ですが、こちらからは――」

死の波がミスティを捉えた。

「無駄じゃ、ニギス。心臓に危害を加えられぬ限り、わらわもまた不死身じゃ。どうじゃ、いま一度、こちらに戻らぬか？」

「ご冗談を」

ニギスは電子の世界で笑った。

「どんな力の持ち主でも、生身であなた様とぶつかって勝てるはずがございません。ですが、心の臓がなくても、身体を責めることは出来ましょう。心の臓も苦しみのあまり止まってしまうかも知れません。こんな風に」

緑の光条《パルス》がミスティの失われた心臓なき心臓

部を貫いた。

よろめく身体の横を銀色の塊が、スクリーンへ飛んだ。

青白い光の渦が表面を埋め尽くし、ニギスもそれに呑まれた。一秒と置かずスクリーンは暗転し、静寂が訪れた。

矢倉が駆け寄り、

「大丈夫か？」

「支障ない」

ミスティは背すじを伸ばし、それから戸口を見つめた。
一六、七と思しいブルゾンとジーンズ姿の少年が立っていた。背後にも仲間らしい姿が見えたが、部屋の外である。
「力を貸してくれたのはそなたか？」

「そうだよ」

少年は頬を染めている。ミスティの美貌ゆえだ。

「名は何と申す？」

「四条寺サトル」

「助かった。礼をしよう。近う寄れ」

少年――サトルは眉を寄せた。意味を取りかねたのである。後ろから、

「近くへ来いってさ。ＴＶの時代劇で使ってたぜ」

おずおずと寄って来た少年の手にした平べったい銃みたいなものを見て、

「それは何じゃ？」

ミスティが聞いた。

「ああ、電磁妨害――ジャミー――ってんだ」

「でんじぼうがい？　じゃみー？」

「要するに、ニギスの住んでる世界を狂わせる道具だ」

と矢倉が割り込んだ。

「それは面白い。便利な道具じゃの。これ、おまえはいつもそのような品を持ち歩いておるのか？」

サトルは、にやりとした。

「みんな持ってるよ。内緒だけどマシンを狂わせて点数上げるのに使うんだ」

「くれるか？」

「いいよ」

少年から受け取って、

「ところで、サトルとやら、何故、わらわを助けた？」

ミスティが訊いた。

「いや、ドア開けたら、あんたがよろめいてたんだ」

「ニギスの――敵の正体がすぐわかったのか？」

「ああ。画面《スクリーン》に出てたし、この頃のゲームはかなり危《やば》いんだ」

「何にせよ、礼を言う」

ミスティは少年に近づき、驚くべきことに、両手でその顔を押さえると、唇を重ねた。サトルが眼を丸くしたほど強いキスであった。少年の顔はみるみるトマトのように染まった。

矢倉がおいと声をかける前に離れて、ミスティは今度は突っ立ったままの梶原を見た。

「では〈区長〉とやら、役所へ送って進ぜよう」

と言った。

第五章　汝《なんじ》、何処より

1

チャイムの音と同時に、梶原久美子はソファから立ち上がり、早足で玄関へ急いだ。念のためにモニターで確認すると、宅配スタイルの若者が立っていた。両手で抱えた荷物など眼に入らなかった。

ドアを開けると、若者はすぐ入って来た。受け取った荷物を床に置き、受け取り証にサインをしてから、

「ひとり？」

と訊いた。自分でも声が嗄れている、とわかった。

「ええ」

若者は薄く笑った。読まれている。久美子の欲情を相手は知り尽くしている。

「上がって」

と言った。若者は動かない。久美子の胸を見つめている。求められていると思った。九〇センチの乳房を彼は欲しがっている。いやらしく揉みしだき、思いきり頬張りたがっている。久美子はめまいを覚えた。

若者が近づいてきた。後じさろうとする久美子に、動くな、と言った。命令であった。

怒りが久美子の全身を巡った。

あたしを誰だと思っているの？〈魔界都市〉のトップよ。〈区長〉の梶原の妻なのよ。

久美子は従った。

若者はセーターの裾に手をかけ、慣れた手つ

きで首まで上げた。

豊かな乳房は紫の透けブラで守られていた。

若者はブラを上へずらした。

歯を割りそうな呻きを、久美子はこらえた。

若者はその顔を見ながら肉のふくらみを上から舐め下ろしていった。

「ああ」

ついに声が出た。

若い唇が乳首をはさみ、舐め上げた瞬間の声は、喘ぎに近かった。

数分後、二人は寝室のベッドにいた。

若者の指の動きに、久美子はすすり泣きを洩らし続けた。

チャイムが鳴った。

「誰だい？」

若者が乳房の間から顔を上げた。

「セールスか何かよ。やめないで」

「けどさ」

「いいから」

久美子は若者の顔を引き寄せて唇を重ねた。

舌を絡め合う音と息つぎが、室内を満たした。

「お愉しみですな」

と浴びせかけられても、すぐには脳が反応しなかった。

自分でも訳のわからない叫びを上げて、ドアを見た久美子の眼に、長身のスーツ姿が映った。

「だ、誰よ、あなた⁉」

「奥さまにお願いがありまして」

と侵入者は浅黒い顔に白い歯並みを刻んだ。

「ルズバヂのダリスと申します。古い古い王国の王でございます」

ミスティと矢倉は予告なしで〈区役所〉を訪れ、梶原に面会を申し込んだ。正午少し前である。意外なことに、

「お待ち申し上げておりました」

と受付の娘が頭を下げ、〈区長室〉へ通された。デスクの向こうに腰を下ろした〈区長〉をひとめ見て、

「ダリスが来たか?」

とミスティは訊いた。

「やはり、滅ぼすことは出来なんだか。だが、昨日の約束は守ってもらうぞ。〈歌舞伎町〉を以後、わらわの支配に任せる旨を、書面に記すがよい」

「済まんが出来ん」

「何と?」

梶原は人さし指を唇に当てた。

「しゃべれぬのではないな。聞かれたらまずいか。では、こうしてやろう」

監視用システムを、ミスティは見抜いていたのかどうか。

ミスティが近づき、白い指を喉にかけても、梶原は抵抗しなかった。

即座に手を引いて、

「話せ」

とミスティは促した。

「実は――」

と声を潜め、梶原は眼を剥いた。

普通の音量ではないか。それなのに、無音とわかるのだ。声は出ている。しかし、この三人以外の耳には入らないのだった。

矢倉も口をあんぐり開けている。

「話せ」

とミスティは繰り返した。

「女房が——石に変えられた」

ミスティは、ちっとも驚かずにうなずいた。

「そう来たか。とすると彼奴め、転生したイドリスも一党に加えたか」

「イドリス？」

男ふたりが同時に顔を向けた。

「わらわの時代では、敵側ながら、最も優れた女魔法医師であった」

何処かで聞いた名前だなと思いながらも、矢倉は緊張に身を固くした。

「恐らくおまえの妻は、石木と化したのであろう。かつてのわらわのようにな。だが、呼吸はしている」

「そ、そうだ！」

梶原は愕然とミスティを見つめた。

「イドリスの仕業よ。安堵せい、彼奴を斃せば元に戻る」

と梶原を見つめ、何を感じたか、

「うぬは、まさか」

と顔を近づけた。

「済まん。あなたたちの来る一時間ほど前に、女房を殺すと脅かされたのだ。妻はもう元に戻った」

「それで？」

「統治権の譲渡書類にサインをしてしまった」

長い溜め息をつく〈区長〉をミスティは凝視した。こりゃ、来るぞと首をすくめた矢倉は、次の出来事にまたも眼を丸くしなければならなかった。

「やむを得ぬな」

とミスティは言ったのだ。

「期限は？」

「今日から一週間」

「え？」

矢倉は首を傾げた。奪った統治権を、一週間で破棄する？

梶原は続けた。

「それと、彼の要求は〈歌舞伎町〉ではない」

「え？」

「……」

「全〈亀裂〉だ」

「なにィ!?」

矢倉は思わずミスティを見た。

美女は静かに、

「成程、狙いはそれか」

と言った。

「何だよ、それ？」

ミスティはドアの方へ歩き出した。

残った男たちには、木石の価値もないという風な足取りであった。

「何か、危いことになったなあ、おい」

〈新宿駅〉の方へ向かいながら、矢倉が呼びかけた。

「奴ら、〈亀裂〉を支配して、何をやらかすつもりなんだ？」

「わらわの柩を見つけるのが第一」

「ほお」

と何気なく返してから、

「——ひょっとして、心臓か!?」

「そうじゃ」

その辺、女王は隠し立てをしない。

「あれは柩の中にある」

「あら——」

「加えて、ダリスの柩もじゃ」

「え？」

「彼奴もわらわと同じ空飛ぶものに積まれていた。まずそれを見つけ出し、わらわの心臓を始末する腹じゃ」

「そら危《やべ》え。ど、どうする？」

「気になるか？」

「そらあもう」

と返してから、ぎょっとした。いつからこのタカビー女の身を案じるような心境になったのか、不思議だった。

「とんでもねえ。おおまえみてえなエラソーな女——自分で気にしてりゃいいんだ」

「そのとおりじゃ。だが、おまえは離さぬぞ。形勢がどうあろうと、わらわはまだやらねばならぬことがある」

「な、なんだい、それは？」

「わからぬ」

「えー？」

「とりあえずは、ダリス一党の殲滅《せんめつ》じゃ。ただ、それは何のためか」

「あんたの心臓を守るためじゃねえのか？」

「それは当然のことじゃ。だが、ならばわらわを生き返らせた意味がない」

「そもそも。ダリスって野郎は、何をしたがってるんだ？」

「わらわの抹殺じゃ」

「どうして？」

「わからぬ」

「じゃあ、あれだな。本人でも子分の誰でも取っ捕まえて尋問してみるべきだな」

「そのとおりじゃ。そのための用意を整える必要がある」

「また蛇屋かよ」

「石匠《いしく》を知らぬか？」

「いしく？　何じゃい、それは？」

「石を削って石碑とかを作る人間じゃ」

「ああ、石屋か？　いるぜ」

「それは良い。案内せい」

「何軒かあるが、いちばん腕がいいのは、〈抜弁《ぬけべん》天通《てん》り〉の『建石彫刻』だな。おれも見た覚えがあるが、あれは芸術だぜ」

「墓石でもか？」

「は、はかいし？」

矢倉は、自分の顔が何も彫られていない石面みたいな、のっぺらぼうになったような気がした。

「建石彫刻」は、九〇近い老店主がひとりで賄っている店であった。バラックに近い店先に並ぶ墓石や石碑を見て、ミスティが、ほおと眼を細めた。

「確かに芸術じゃ。主人を呼べ」

矢倉が玄関から声をかけると、閉じたガラス戸を通して、

「何だ？」

皺だらけの声が応じた。

「何だって仕事だよ。おれだ、矢倉だよ」

「あの大ボラ吹きか、帰れ」

「仕事の依頼人はおれじゃねえ。外国の大金持ちだ。ダイヤでも金貨でも支払ってくれるぜ」

「お断りだ。わしゃ、東京大空襲の生き残りでな。外国人はどれも虫が好かん」

「大空襲の張本人が今まで生き残っていられたわけがねえだろ。寝言を言う前に仕事しろ」

「断る」

「外国人つってもアメちゃんとは関係はねえ。中近東はアラブ首長国連邦の大物――ドバイ首長国の、その首都いちの大金持ちのご令嬢様だ」

「莫迦莫迦しい。おまえは長生きするぞ」

矢倉はヤケっぱちになった。

「わかった。じゃあ、本当のことを言おう。今から一万年前にエジプト近くで栄えた古代王国の女王さまだ」

「いま行く」

呆然と立ちすくむ矢倉の前で、ガラス戸がガタピシと開いた。

この寒空に半纏《はんてん》とステテコ、裸足に下駄《げた》とい

う老人が現れた。

ミスティをひと目見て、

「こら本物臭えな。ホントに一万年前の女王様か？」

「一万と三〇〇〇年と少しじゃ」

「リアルだねえ。この寒空にクラブの姐ちゃんスタイルってのが気に入った。で、何をこさえて欲しいんだ？」

「護符じゃ」

「ほほう。いいねえ」

「ただし、普通のものではない」

「だと思ったよ。さ、入ってくれ。中で聞こう」

2

ミスティの注文は、楕円形をした二〇センチ、一〇センチの石板であった。メモを一枚貰って、奇妙な動物絵を描くと、

「これを正確に刻んでくれ」

「何だこりゃ、河馬の首にライオンの胴体か？　なんてんだい？」

「ゴロワじゃ。我がシェラジーンの聖獣だ」

「聖獣？　首から下は凄えが、頭が河馬じゃ、出てくるたびに信徒が笑いこけるんじゃねえのか？」

「それ以上無礼をぬかすと、容赦はせんぞ」

ミスティに睨みつけられ、矢倉は青くなった。

「わわわかった。いや、中々愛嬌《あいきょう》があっていいな」

老人はメモを手に取って、

「わかった。急ぎやっつけよう」

「期限を切れ」

「では、あと一時間」

ミスティはうなずいた。

「では、一時間後に来よう」

信頼し切った声である。

外へ出ると、

「次は何処だい？」

矢倉は疲れを感じはじめていた。

「済んだ」

「へえ。それじゃ、あの石板を貰ったら？」

「〈亀裂〉へ向かう」

「元気でな」

背を向けた矢倉の腕をミスティの腕がロックをかけた。

「おまえは離さんと言ったはずじゃ」

「えー？　けどよ、おれはあんな化け物どもを相手にゃ出来ねえよ。この辺で降りるか、えーと、見守っていたい」

言い終えたときには、後ろ向きで二〇メートルも引きずられていた。

〈抜弁天通り〉へ出ると、ミスティはタクシーを止めて乗り込んだ。

「どちらへ？」

「最も近い〈亀裂〉までじゃ」

「いいスけど、いま近づけないし、見ることも出来ませんよ」

「何故じゃ」

「ついさっき〈区〉から、〈亀裂〉の所有者は別にいるからと連絡があったんだ」

ミスティは眼を鋭くして、

「ダリスめが。とにかく行け」

走り出すや、矢倉はリア・ウィンドをふり返った。

「尾行はついていてねえな」

「いや、追って来ておるぞ」

「なにイ？」

眼を凝らした。

ミスティの言葉通り、こちらはレンタカーらしいセダンが追って来る。

「運転手は禿頭《はげあたま》か」

これがふり向きもしない発言だから、矢倉が泡食って、

「どうしてわかるんだ？」

「上の鏡じゃ」

言われてバック・ミラーを見ても、セダンはともかく、運転手の頭までは見えない。矢倉は、小さく、やれやれと洩らして忘れることに決めた。

セダンが近づいてきた。

「速さを増したか。負けるな」

ミスティが仕切りを叩いた。愉しそうだな、と思い、矢倉は胆が冷えた。

増したスピードが、二人を後部座席《リアシート》に押さえつけた。

前方の車輛を追い抜いたところで、赤信号が迫って来た。

「止まるな、行け」

「いや、それはちょっと」

とブレーキを踏む運転手の全身を灰色の布が

締めつけ、別の布がホイールに巻きついた。

アクセルを踏んだのは運転手の足だが、踏ませたのは布であった。

「危ない、やめろ！」

運転手の叫びは、ブレーキ無しでコーナーを廻るみたいな悲鳴に変わった。

前方から迫る車の鼻先をかすめ、勢い余って反対車線にとび込み、前後の車を見事に躱わして通常車線に戻る。

「す、すげえ！」

責任感から眼を開けっ放しの運転手が、今度は感嘆の声を上げた。

「姐さん、あんた天才だぜ！」

「それでも振り切れぬな。向こうも天才らしい。大した戦車乗りじゃ」

「戦車？——自衛隊出身か？」

「これでは埒《らち》があかぬ。よし」

「おい、何を企んでるんだ？」

矢倉は青ざめた。

急にスピードが落ちた。向こうはぐんぐん近づいて来る。

「ぶつかってくるぞ！」

思わず叫んだ。アメリカとフランスのアクション映画の観過ぎではあった。しかし——

並んだ途端に、がつん、と来た。

震える車体の中で、矢倉は眼を剥いた。ぶつけたのは、こちらのタクシーであった。

相手は大きく車線をはみ出し、右手の木立ちの間に突っこんだ。

「こ、公園だぞ!?」

「わかっておる。冬じゃ。人も少なかろう」

「え？」

「一気に決着《けり》をつけてくれる」

思い切りホイールを切って、念には念とばかり、もう一度、バックから激突した。

悲鳴を上げる男たちを放って、ミスティはとび下りた。

セダンに近づき、

「いない」

と言った。想定済みなのか、あわてた風はない。

「出て参れ、ウヌマーン」

と声をかけた。

ミスティの指摘どおり、数少ない家族連れがこちらをふり向いたが、気にもせず、

「これからここは戦場になる。早々に退去せよ」

と命じる。その頭ごなしぶりにむかっ腹を立てたらしい中年の女が、ＰＴＡの会長みたいな声で、

「ちょっと――あなた誰よ？　ここはみんなの公園よ。そういう言い方ってないんじゃない？」

「何があるのかないのか知らぬが、死にたいのならここにおれ――そうであろうが、ウヌマーンよ」

「仰せのとおりで」

それは男の声であった。そうとしかわからない。天空からとも、地底からとも聴こえるし、同時にどちらからともわからない。

「何故、私めとおわかりで？」

「このような隠形《おんぎょう》の術――ルズバドのウヌマー

ン以外の誰が使う？」

「嬉しゅうございます。シェラジーンのミスティ様と再び牙を交えられるとは、一度死んだ身としては限りなき光栄に存じます」

「妻と子は元気か？」

「転生以後は会っておりません。恐らくは別の土地で何も知らずに暮らしておりましょう」

「生まれ変わってなお戦う——お互い因果な身の上じゃの」

「全くでございます」

声は途切れた。

ミスティは立ったままだ。

何やら場を包む大気そのものが変質していくような気が、矢倉にはした。

それを破った者がいた。

「ちょっと——今の声、誰よ？　あなた一体、どなた？」

ＰＴＡ会長風の女であった。ミスティに近づき、その腕を摑んだ。

「うっ⁉」

低い苦鳴が朱唇を割った。

女の左胸から光る刃が生えていた。それがミスティの胸も串刺しにしたのである。

刃は引き抜かれ、棒立ちになる女の背後で、

「いかが、ミスティ様」

勝ち誇る声が聞こえた。

よろめきつつ、二歩進んだミスティは仰向けに倒れた。

「人間の陰にも木陰にも忍ぶウヌマーンの隠形術——忘却されておりましたか？」

「うぬは……よくも心の臓を……だが、ニギスから聞いておらなんだか？」

苦しげに地を這う声が、突如変わった。

「わらわの心臓は別の場所にある、と」

ミスティは跳ね起きた。

女めがけて灰色の布がのび、全身を絡め取ったところで、びらびらと離れた。

「おらぬか――そこじゃ！」

声に合わせてのびた布は、数メートル離れたポプラの幹に巻きついた。布は糸のようにすぼまり、ちぎれた幹の上半分が、地響きをたてて横倒れになった。

「また――いずれ」

笑いを含んだ挨拶へ、

「逃がさぬぞ、ウヌマーン――イリスの神の名にかけて」

ミスティは胸元から何かを掴み出した。

それは蛇屋で求めた三匹のコブラの一匹であった。

「わらわの蛇は鼻も効く――探し出せ！」

かたわらの地面へコブラは落ちた。

鼻が効くとはどういうことか。それは蛇にあらぬ猛烈なスピードで地を走り、次の瞬間、身を翻して、発条《ばね》のように飛んだ。

ミスティの背後にある二基のブランコ――手前の一基へ。

ブランコは二本の鉄柱とそれが支える横棒とから成る。

コブラは空中四メートルほどに渡された横棒に巻きついた。

短い叫びが上がり、横棒からだらりと片腕がぶら下がった。びゅっと光が走って小さな爬虫類の首が飛び、そして、横棒の陰から黒い衣服をまとった人間と、うねくる蛇の胴体が地面へ落下したのである。

「一時間でもわらわといれば、兎でも獅子を斃す力を持つ。ましてや毒蛇をおいてをやじゃ」

すでに痙攣すら止めた男――ウヌマーンの顔は毒のせいで赤黒く変わっていた。

「これで、ひとり」

ミスティは無感情に言った。ひとり減った――要するに事実を伝えたのだ。

「じきにメフィスト病院の車が来る。連絡しといたぜ」

矢倉が気にかけているのは、巻き添えを食った女のことである。ミスティは気にも止めていない。この女、本当にこの街向きだと思った。

「余計な手間を食った。車の御者よ、先を急げ」

「待てよ、こういうのは、こっそりやるもんだろ？　今の感じじゃ、向こうは待ち構えてるぜ」

「わかっておる。だが、あの地の底は、上から見るより遥かに広く、入り組んでおる。そうたやすく見つかりはせん」

「けど、相手もあんたと同時に甦って来た化け――いや、ちょちょ超人なんだろ？　あっさりと見つけちまうかもよ」

「その辺は賭けじゃな」

「やけに落ち着いてるじゃねえか、おい」

「わらわは、心臓探しの邪魔をしに行くのではない。ダリスを仕止めに行くのじゃ」

「そらわかってるよ。けど——蒸し返すようだけど、何でだよ？　二人で棲み分けして、平和に暮らしたらいーじゃねえか。ここはそういう街なんだぜ」

「それには話し合いをしなければなるまい」

「そらそーだ」

「それが出来ぬのじゃ。特にわらわの方は。これはわらわが復活した理由とは関係ない。すべて過去の霧の中で起き、霧の中に消えた出来事じゃ」

「その二人がどうして？」

と訊いてから、矢倉はまた無駄な問いだったと落ち込んだ。

「とにかく行くぞ。ついて参れ」

今度は邪魔も入らず、二人は目的地——〈早稲田ゲート〉近くの〈面影橋〉までやって来た。

「どうも納得できねえな」

と矢倉が首を捻ると、運転手も、

「そうですねえ」

と同調した。

「何がじゃ？」

「〈抜弁天〉からここまで、ノンストップで来れたろ？　普通は絶対あり得ねえ出来事なんだよ。どんなお偉いさんの車でも、妖物悪霊の力で、二度か三度は道に迷い、空高く持ち上げられ、走行をストップさせられるものなんだ。それが一度もねえってのは、何かあるに違《ちげ》えねえ」

「そうそう、誰かが何か企んでるんですよ」

と運転手もうなずいた。蒼白であった。

「後で、ツケがどびゅーっと廻って来ますよ」

「わかった。もう良い。手間を取らせたな、帰れ」

支払いは、矢倉がカードで済ませた。

ミスティは〈亀裂〉の方へ歩き出した。見えない糸に操りつけられでもしているかのように、矢倉も後に続く。

踏み切りを渡ろうとしたとき、電車の警報音が右方から聞こえた。

オレンジ色の車体がやって来る。

「何じゃ、あれは？」

「都電の荒川線だ。そうか、こいつでとどめを刺すつもりだ。こりゃあ、危い。早えとこ渡っちまおうぜ」

「妖気が漂うておるぞ。お客は妖体か？」

矢倉はうなずいた。

〈都電荒川線〉は、一九〇三年に開業した東京都の経営する路面電車のことで、正式には「東京都電車」という。最盛期には四〇の運転系統を擁し、一日の乗降客一七五万人、二三〇キロの営業キロ数を誇ったが、自動車と地下鉄の時代を迎えて次々に廃止、唯一、荒川区の三ノ輪停留所と早稲田にある早稲田停留所を結ぶ〈荒川線〉のみが残された。この線は〈魔電〉によって断ち切られ、廃線と化したものの、連日のごとく線路を往復するのは、やはり、〈魔界都市〉の魔性によるものか。

運転手とその乗客は当然ながら死者であり、面白半分で乗り込んだ観光客も混じっているとされる。

それを聞くや、ミスティは、

「何故、祓わぬのじゃ？　この世に死者がいるのは構わぬが、それは望む死者だけにすべきであろう」

「〈区〉の方針でな。観光客が増えるんだってよ」

　そういえば、線路の両側と少し先のプラットホーム内にも、デジカメやスマホ片手の人影がひしめいている。

「眠りにつきたい死者もおろうのに――よかろう」

　これを聞いた途端、矢倉はまたも血が凍った。

3

夢中でミスティの腕を取り、

「待てよ、どうするつもりだ？」

と訊いた。女王はもと来た方へ歩き出している。

「確か、ここへ来る途中に、この国の寺があったな。そこの司祭に頼めば、あの世へ行かせてくれるであろう」

「そう簡単にゃあいかねえんだ。ここは〈区〉の指定観光地点でな。勝手にお祓いは出来ねえ。したら捕まっちまうんだ」

「昇天したいものをこき使おうというのか？　この街は？」

「そういうことなんだよ」

「許さぬ、理不尽じゃ」

突然、ミスティは遠去かった。

走り出したのかと追いかけた。走っているのだ。ミスティはどう見ても歩いている。それなのに、どうしても追いつけないのであった。

「何だよ、これは？」

全力疾走に移る。左右の光景が凪みたいに流れ去る。ミスティまでは五メートル。向こうは悠々と歩行中だ。それなのにどうしても差は縮まらないのであった。

「ひいい」

と顎《あご》を出したとき、何処をどう走ったものか、二人は寺の境内《けいだい》に立っていた。

矢倉はチアノーゼなみにゼエゼエと、

「――おい……〈亀裂〉は……どうするんだ？」

「後でよい。どうせ見つかりはせぬ」

「なんて大雑把な女だ。坊さんは引き受けてくれやしねえよ。〈区〉の息がかかってるんだぜ」

「神に仕える者ならば、正しい道を選ぶはずじゃ。神官は何処におる？」

「そっちの庫裡《くり》だろ」

と指さすのを無視して、

「読経が聴こえる――ここじゃの」

と本堂へ向かった。階段前におびただしい靴が並んでいた。

「ふむ、ここでも死者を葬う式の最中であるか。だが、こちらが先じゃ」

さっさと階段を昇り、本堂の扉を開くと、おびただしい礼服の男女が正座中である。

この日、午後からは〈東五軒町〉にある老舗《しにせ》の建築会社創業者の三回忌が行われていた。

住職の荘重《そうちょう》な読経に耳を澄ませているところへ、女の者とは到底思えぬ大音量で、

「神官はおるか？　こちらの鎮魂《ちんこん》は後にして、わらわと来るがよい」

全員がふり返り、わけのわからない表情だらけになった。

どう見ても水商売の格好をした、しかし、途方もない気品に溢れる女の風格が、次に生じるべき怒りの感情を押さえ込んでしまったのである。

「何の御用かな？」

と住職は尋ねた。

「この先の駅へ通う電車とやらと、それに乗った客たちの件じゃ。客たちは一刻も早う天界に行きたくて苦しんでおる。すぐに救ってやれ」

これでも静まり返りっ放しの堂内に、前を向いたままの住職の声が、静かに流れ出した。

「ついにそれを口にする方が、遺族以外にもお出になられたか。〈区〉のためとは言え、金銭のためにさまよう魂を放置しておくことに、私も心弾まぬ節があったのです。ですが目下は、別の仏の魂を安らわしめるための儀式の最中でございます。しばらくお待ちなさいませ」

「そちらはひとりであろう。あちらは数十名。しかも、電車とやらの運行ごとに苦しみ抜いておる。すぐに参れ」

「お言葉ですが、仏の道は魂の救済を人数で区別はいたしません。万人が衆生ならひとりもまた衆生。お話はこの後すぐに伺いましょう。少しお待ちなさい」

「ふむ――わかるようなわからぬような。しかし、この空気――シェラジーンの大神殿のそれとよく似ておる。待つとしよう。だが、電車の客たちは待たせるな」

　ミスティが階段を下りてから、堂内にはようやくざわめきの波が減り、しかし、同時に再開された住職の読経に、ふたたび深い静けさを取り戻していった。


　やがて、勤めを終えた住職が本堂の周囲で先刻の女を探そうとしても、その姿は二度と見出すことが出来なかった。住職はその足で〈区役所〉に梶原を訪れ、最後の〈都電〉の浄霊を嘆願し、梶原は受け入れた。

　二人が〈亀裂〉が見える位置に来ると、

「あれ、警官がいるぜ」

　矢倉が眉を寄せた。

「ダリスめ、この国の兵士も出動させよったか」

　ミスティは平然たるものだ。

「兵士じゃねえよ、警官」

「とにかく目障りじゃな」

「何かするつもりだろうが、やめとけ。警官を殺しでもしたら只じゃ済まねえぞ」

　と言いながらも、どこかで諦めている矢倉であった。

「来い」

　と言って、ミスティは最悪のコースを辿った。警官たちの方へ歩き出したのである。

　ミスティを見ただけで正面の警官の顔はとろ

けた。

「除け」

と言われても、とろけっ放しで、ようやく、

「ここは私有地で立ち入り禁止です」

と言った。声が粘ついている。

「その穴の中に、大事なものが置いてあるのじゃ。のけ」

「それは、その……」

その喉をミスティの手が摑むや、警官は悲鳴も上げ得ず右方一〇メートルも飛ばされて、別の警官に激突した。

「何をする⁉」

左側の警官が駆け寄ってくるのを無視して、ミスティは矢倉を横抱きにするや、地を蹴った。

〈亀裂〉までは約七メートル。


目撃者たちの絶叫が、みるみる頭上へ遠去かっていくのを聞きながら、矢倉は眼を閉じた。

落ちていく。五十数キロとも言われる〈亀裂〉の中を、真っ逆さまに落ちていく。

開いたままの眼の中を、観光用の〈遺跡〉が流れ過ぎ、すぐに暗黒に変わった。

——何処まで行くんだ？

ぼんやり考えた。それだけの時間があるような気がした。大体、地の底があるとして、どうやって自分の柩を見つけるつもりだ？　ダリスの手下も探し廻ってるし、化け物もわんさかいる。ひとりで行くのは勝手だが、おれはどうなるんだ？

考えているうちに世界はさらに暗くなった。

「着いたぞ」

言われて眼が醒めた。

「眠っておったな」

とミスティが笑いを含んだ声で言った。

「存外、肝が太いと見える。四方に気を配れ」

「もう無理だ。おれは一歩も動かねえぞ。正直おっかねえし」

眼をこすりこすりこう言うと、ミスティがにやりと笑った。

「ではここで待て」

さっさと背を向けて闇に呑まれた。

恐怖が矢倉を包んだ。生まれてはじめて味わう死と直結した孤独だった。

身じろぎも出来ない。声も出ない。太古の闇に放置された赤児が自分だった。父も母もいない。石のように固まったまま、夜明けを待つしかない。

堰《せき》を切ったように泣き声が溢れ出した。誰かそばにいておくれ。こんな闇の中でひとりにされるために、生まれて来たんじゃないんだよ。

声がつぶれた。

近づいてくる。ゆっくりと闇の中から。地面を重く踏んで。

やだ、やだ、やだあ。こいつに闇の中に引っ張り込まれるのはやだあ。

気配がかたわらで止まった。

「泣くな」

「あれ？」

矢倉は片手で涙を拭った。

闇の中なのに、はっきりとわかるミスティの姿であった。

安堵が矢倉を捉えた。また涙が溢れた。

その襟首《えりくび》を摑んで立ち上がらせ、ミスティは
まだ嗚咽《おえつ》を洩らしている矢倉に、

「ほれ」

とハンカチを差し出した。ドレスと一緒に購入した品である。

「どーも」

涙を拭い、ついでに鼻もかんだ。

「ありがとう」

返そうとしたら、

「捨てておけ」

切り捨てるように言った。音ひとつ聞こえない。

「どのくらいあるんだ、上から？」

「この国の単位でざっと六〇キロじゃ」

「ろ、ろくじゅう⁉　確か公式発表だと五十数キロくらいだと――」

「公式にはであろう。わらわもよく、国民を鼓舞するために、戦いの結果を操作したものじゃ」

「それじゃ、大昔の大本営と同じじゃねえか。け、権力者のやることてな、いつも変わらねえんだな」

「嘘も方便、とはこの国の言葉ではなかったか？　死期の迫った病人に、すぐ元気になると伝えるのと変わらぬ」

「それとこれとは――」

「しっ」

ミスティが足を止めた。

前に何かいるのかと矢倉は眼を凝らしたが、闇しか見えなかった。

「な、なんだよ？」

「耳を澄ませ」

「え？」

意識を耳に集中した。

「何も聴こえねえぜ」

「おまえの身体機能は狂っておる」

「大きなお世話だ」

その片手が摑まれた。

「え？」

何を？　と訊く前に、ぶんとふり出された。

ダンサーのように回転しながら、停止したのは、一〇メートルばかり先であった。

五名ばかりの人間がこちらを向いた。

ゴーグルにガスマスク――被ったカバーの下は、兵士のような服と装備である。


「WHO ARE YOU？」

マイクを通したような声が上がった。アメリカ人か兵士らしい。

「日本人だ。上から落ちて来た」

反射的に手を上げていた。

「上から落ちて来た？」

別の奴が訊いた。こっちは日本人らしい。

「ふざけるな――どうやってここへ来た？　何の用だ？」

「いや、用なんてねえ。歩いてたら、急に――」

他所では到底言い訳になりそうもない言い訳だが、

「あり得るぞ」

と日本人の兵士が言った。

「これまでの調査で一〇〇人近い餓死者が発見

されている。骨に異常はなかった。こいつの言い分も筋は通る」

「何ニセヨ、邪魔ダ」

と外国人がやや生硬《せいこう》な日本語で言った。

「待ってくれ」

矢倉は喚いた。

「あんた方が誰で何をしてようと、おれには関係ねえ。ただ上へ戻れりゃいいんだ。な、連れてってくれ。あんた方のことは誰にもしゃべらねえ」

男たちはM16A3ライフルを手にしていた。本体上部にレーザー・ポインター、銃身下部に三〇ミリ揚弾筒がついている米軍式銃だ。

銃口を向けたのは、日本人だった。

「おい、やめてくれ、あんたおれと同じ――」

「済まんな」

その身体が不意に宙に舞った。

悲鳴を長く引いて、男は彼方の闇に吸いこまれた。

重いものが岩盤にぶつかったような音が、悲鳴を断ち切った。即死に違いない。

四方を見廻す兵士たちの眼に止まったものは、彼らに吹きつけてくる長い布であった。今の仲間を投げ殺したのもそれだ。

「女王だ」

「マサカ、ココニ!?」

兵士たちの驚きの叫びに、

「いいや、わらわじゃ」

布の彼方から、今の矢倉には涙が出るほど嬉しい声が、流れて来た。

「おまえたちは何者じゃ？　ここで　何を致しておる？」

「米軍スペシャル・フォース。日本の自衛隊員も混じっている」

と銃を向けた隊員が応じた。

「用件は――わらわ探しか？」

「いや、あなたが〈新宿〉にいることは調査済みだ。ここでは、あなたとともに空輸されていた品を探している」

「わらわの柩か？」

「それもある」

「空を飛んでいたのは、わらわの他にもうひとりいたはずじゃ。そちらはどうなった？」

「別の班が捜索中だ」

「ふむ――わらわとダリスを見つけたらどうする？」

「当然、両名ともアメリカへ輸送する。このプロジェクトは元々アメリカのものだ」

「わらわが埋葬されたのは、シェラジーンの墓所であったが」

「その後で何が起きたかは知らんが、あなたともうひとりの墓所が発見されたのは、この国の青森という土地だ。あなたの柩の表面は、生前の徳を讃える碑文と瀝青《タール》を塗った子供の手の痕で埋められていた。対して、もうひとつの柩は何ひとつ装飾がなく、あなたの三倍も重い花崗《かこう》岩で作られていた。まるで復活を怖れるかのように」

兵士はここでひと息入れた。思い出すのもおぞましかったのであろう。

「柩を飾っていたのは、虐殺の絵だった。若い王が敵を蹴散らし、その身体を八つ裂きにして鰐やライオンに食わせ、自分も貪り食う光景だ。それどころか、彼は降伏した女の子供も殺害し、或いは生きたまま食らい尽くしたのだ。そう絵は語っていた」

第六章　柩の見る夢

1

ただの闇の底ではない。〈魔界都市〉を作り出した源泉――〈魔震〉が生んだ〈亀裂〉の底である。

　語られる物語にもふさわしいものが必要だ。

兵士の声はその条件を満たしつつ陰々と続いた。

「調査団は、あらゆる資料を検討したが、二人の埋葬者に関するデータは皆無だった。また、あなたの石棺に刻まれた文字も解読できなかった。それは、超古代――聖書に記される『創世記』よりも遥かに古い時代のものだったのだ。だから、アメリカが二つの柩をどうしても持ち帰ると主張し、日本政府に駐日米軍の費用負担を半分に削減するとまで約束したのは、別の事情からだ。虐殺を描いた柩には、その王と彼と対決する女王の物語も刻まれていた。米軍――というよりも、まず調査に同行していたアメリカ人研究者が注目したのは、蜒々と描かれ続けたその戦いぶりだ。

　人食い王は砂嵐を起こして女王の兵たちを塵《ちり》と変え、女王の身につけた衣は、王軍の戦車も飛行具も火を吐く竜も絞めつぶし、絞め殺した。王は火の玉をとばして、女王の広大な領土の一部を火の海に変えた。対して女王は見えぬ壁をこしらえ、他の土地と〈都〉を防禦《ぼうぎょ》した。それは現代の我々に最も身近な、最も研究すべき攻撃であり、防禦ではないか。そして、最終的に米国防総省《ペンタゴン》を注目させたのは、王が空から降らせる燃える星の群れであり、女王が彼らに放った大津波と大地震の彫刻だった。大地震――〈新宿〉もそうして生まれたのではなかったかね?」

　矢倉は無意識に額の汗を拭った。身体の中身をそっくり盗み出された感覚だった。

「空より降り注ぐ燃える星は、操られた流星群だろう。大津波と地震はそのまま世界破滅の使者となる。米軍が欲しがったのは、その技術だ」

「けどよう」

　矢倉は口をはさんだ。

「この姐ちゃんももうひとりも――ミイラだったんだろう。生き返らせるつもりだったのかい?」

　兵士はじろりと彼を見て、

「米軍の超時間記憶研究センターが、死者の過去の記憶を蘇らせる薬品を開発したのだ。その記念すべき第一被験者に、二人が選ばれた」

「おい、脳味噌もミイラ化してるんだぜ」

「肉体は関係ない。ミイラの記憶は、『アカシック・レコード』に記録されている。それを読み取ればいい」

「なんだ『アカシック・レコード』てな?」

「全宇宙の始まりから終末までの、あらゆる事象を記録した物質だ。ごくたまにそれを読み取れる人間が存在した。スウェーデンボルグ、エドガー・ケイシー――。だが、人間の能力には限度があった。今回開発された新薬は、それらを万倍にも増幅することが出来るそうだ」

「だってよ」

　矢倉はミスティをふり返って言った。

「これで生き返った理由がわかったな?」

「わらわは薬を服《の》んではおらぬ」

「むむ」

「それに、そ奴らの目的はどうあれ、わらわとダリスを甦らせたのは、別のものの意志じゃ」

「――それは？」

と兵士が声を乱したが、

「探しものは、まだ見つかっておらぬようじゃな。わらわも探す。邪魔を致すな」

「そうはいかん。こうなった以上、我々の命に従ってもらおう」

五人の銃口がこっちを向いた。

「そんなもの、この女には効くかよ」

矢倉は嘲笑した。これには自信があった。

「弾丸も火もみいんな撥ね返されるのがオチさ」

「そのようだな。だが、お前は別だ」

銃口が自分へ向くのを、矢倉はもう射殺された気分で目撃した。

「どうするかね、女王ミスティ？　ここまで連れて来た相手だ。君にとって大切な人間ではないのかね？」

「ば、莫迦、よせ、この女にそんな脅しは――」

気が遠くなる思いであった。思いは一転した。

「よかろう」

とミスティは言ったのだ。

「この男を殺されては困る。わらわは何もせぬ。おまえたちも手を出すな」

「よろしい」

兵士は残りのひとりにうなずいて見せた。この男だけはライフルの代わりに金属製のショルダー・ケースを担いでいる。

彼はうなずいて矢倉に近づき、ケースから細長い、注射器のような円筒を取り出すと、矢倉の左肩に先端を押し当てた。

針で刺すような痛みが走った。

「この男の体内には、二四時間後に溶解し、心筋を停止させるカプセルが送り込まれた。大事な人間なら我々の指示に従ってもらおう」

「わかった。好きにせい」

ミスティは静かに言った。従容《しょうよう》とした風情が、矢倉を感動させた。

「おい、いいのかよ。おれのために、そんな奴らに捕まっちまって。なあ、おれはどうなってもいいんだ。そんな奴らの言いなりになるなよ」

「本当にそれで良いのか？」

「いや、いやいやいや、やっぱり、このまま行こう。考えてみると、まだ死にたくねえ」

「正直でよろしい——で、わらわの柩は見つかりそうか？」

と兵士に訊いた。

「じきだ」

「ふむ、手間を省いてつかわそう」

「なに？」

兵士の声に、全員が緊張と驚愕の視線をミスティに注いだ。

「おまえたちは気にならぬようだが、わらわがこの暗い地の底を訪れた目的はそれじゃ」

「では、この近くに？」

「おまえたちは、それを知らぬまま、うろついておったのか？」

「いや、輸送機の墜落現場で、この近辺に柩大の物体があると、ドローンが連絡してきたのだ」

「なら、早う探せ」

「連絡をよこしてすぐ、ドローンは行方不明になった。恐らくは何らかの手段で撃墜或いは捕獲されたものだろう」

「すると、眼をつぶされた状態で捜索中というわけか。面白い真似をする」

ミスティは皮肉をたっぷり利かせてから、兵士たちの間を通って闇の奥へと歩を進めた。

全員あわてて後に続く。

〈亀裂〉の幅は二〇〇メートル。かなりの広さである。

調査によると川も発見されているが、次の調査時では姿を消していた。

何処に光源があるのか、闇は完璧といえず、お互いの姿は朧ながらに確認し得る。

兵士たちは、それなりの装備を整えているのだろうが、使う暇もなく後を追うばかりだ。

ミスティが急に足を止め、

「ここじゃ」

と言った。

その瞬間、滔々《とうとう》たる流水の響きが全員の耳を打った。

「か、川か!?」

「なんだいきなり!?」

「あわてるな」

とミスティが言った。

「いま急に現れたのだ。そして、わらわの枢は、流れの——ほれ、そこにある」

と指さしたのは、水音と流れの一致点であった。

「入れ」

と命じた。

アメリカ人の兵士が、他の兵士よりごついゴーグルとヘルメット、ガスマスクをつけたひとりへ、

「竹中行け」

「了解」

と敬礼して、兵士はつかつかとミスティのかたわらに歩み寄り、水流を確かめた。

「幅一五メートル、水流時速六〇キロ」

速いどころか、人も獣も持って行かれる速度だ。

「船競技が出来るの——行け」

竹中は逆らいもせず川っぷちに近づき、片足を入れた。水が撥ね返ったが、足はびくともしなかった。重そうな服と装備に秘策があるらしい。

生命綱もつけず、身を入れた。

「立派な男じゃ。そこじゃ」

ミスティが指さす地点は川のほぼ中央である。潜水服も兼ねているらしく、ゆっくりと目標地点に近づき、足で探る。

「ありました」

マイクを通した声が弾んでいた。

「持てるな？」

「了解」

「重いが」

とミスティが言った。

「大丈夫。あの服はメカニカル——メック・ウェアと言ってな、運搬作業用の機械服だ。三万馬力のロボットに包まれていると思えばいい」

「ロボット？」

「機械人形だ」

「ふむ」

竹中が頭まで沈んだ。

陸上の連中が息を呑む暇もないうちに浮き上がった。

肩に担いでいるのは、まぎれもない石の柩であった。

静謐な沼を歩むように、易々と川を渡り、柩を地面に置いた。

表面におびただしい彫刻が刻まれた石棺は長さ三メートル、幅一・二メートル、高さは一メートル、うち二〇センチが蓋の厚みであった。重さは二トンを超すだろう。

兵士がミスティへ、

「あの手の痕は何だ?」

と訊いた。

「わらわの民は、勇者の埋葬時、その柩に手型を残す習慣があった」

「すると、あなたは随分と子供に愛されていたことになるな。殆どがそれだ」

「そのとおりじゃ」

闇の中で、かがやくものを矢倉は見たように思った。ミスティの顔であった。どう見ても、女王は笑っているのだった。

顔に輝きを与えるものは幾つもある。怒りも憎しみも含まれる。だが、ミスティのそれは誇りであった。

「開けろ」

兵士が命じた。

矢倉があわてて、

「いいのかよ？」

とミスティに眼配せしたが、

「構わぬ」

こりゃ何か企んでるなと、矢倉は複雑な気分になった。とばっちりを避けて、こっそりミスティの背に廻る。

竹中が蓋に手をかけて押した。

二トンの石棺を易々と持ち上げたメカニカル・マンパワーは、石蓋をぴくりとも動かせなかった。

「引いてみろ」

これもビクともしない。

「無駄じゃ。ひとたび蓋を閉めた以上、それは納められた者にしか開けられぬ。たとえ、空から降ってくる燃える星だとて、傷ひとつつけられぬわ。悪いことは言わぬ。それはわらわの手に委ねよ」

「それでは任務が果たせん」

アメリカ人兵士はミスティに向かって、

「あなたに開けてもらおう」

「よせ！」

矢倉は叫んだ。

「開けるな！　中のもんがこいつらの手に渡ったら大変なことになるぞ。やっちまえ！」

兵士が哄笑した。

「意気がるのもいいがな、〈新宿〉の住人よ。さっき生命が惜しいと言わなかったかね？」

「莫迦野郎、あれはジョークだ。愛嬌だ。〈新宿区民〉は生命ぐらいいつだって捨ててやらあ」

「もうよい」

とミスティが言った。

「え？」

「おまえに勇気があるとは思わなかった。それに報いよう」

「よせ」

ミスティは滑るように前進して石棺のかたわらに立った。

右手を蓋の上部に置いて手前へずらした。

石の蓋は三〇センチばかり滑らかに移動した。

「おお!?」

と兵士が歓喜の声を上げた刹那、高らかな哄笑が全員の耳と顔を打った。

「ダリス」

とミスティは口にした。

声は地底の川の方からやって来た。


銃口がそちらを向く。

新たな登場人物の現れ方は、これらの迎えにふさわしかったかも知れない。

流れる水の彼方から飄然《ひょうぜん》とやって来たのは、まぎれもないダリスであった。彼は時速六〇キロで流れる水の上にいた。

靴先を濡らしもせず、しぶきも上げず、立ち止まると、

「ようやく見つけたと思うたら、まさか中身まで同席しておるとはな。その柩と心臓、おれが貰って行こう」

「取れるか、ダリス」

ミスティは嘲笑を放った。

「おまえにこの柩は開けられぬ。欲しければ持って行くがよい。だが、手も足も出ぬ間《ま》に、

おまえはわらわが滅ぼしてくれる」

白い手が慈しむように石の蓋を撫でた。

蓋が元に戻る——戻り切る寸前、黒い光が飛んだ。

誰の眼にも蓋は閉じたように見えた。

だが、柩の頭部には菱型の刃が刺さっている。柩本体にではなく、蓋との接触面に食いこんだそれは、恐らく数分の一ミリの隙間を生み出しているのだった。

「これで閉じはせぬ。いまはここまでとは言わぬ。柩は貰っていくぞ」

その胸もとへ、びらびらとミスティの布が流れ寄っていった。

2

大きく光の弧を描くダリスの右腕に合わせて、布はことごとく断たれた。

「昔と同じか、女王よ。おれは柩の中で新しい技を身につけたぞ」

「それは重畳じゃ」

ミスティは声もなく笑った。自分の攻撃を無にした男に驚愕しているとも恐怖しているとも思えない。

「では披露してみるがよい。ここは、アリビスの宴《うたげ》とは違うぞ」

精悍なダリスの顔が突如、崩れた。

ひどく人間的な感情——悲痛の色が面貌《めんぼう》を支配した。

〝アリビスの宴〟とは何か？　そこに二人は出席していたに違いない。そして何があったのか？

意外な状況が生じるかと思えたが、ダリスは激しく頭をふって、復帰させせた。

「貰って行くぞ、女王よ」

「そうはさせぬよ、ダリス」

次の瞬間、二人の間にどのような死闘が繰り広げられるのか、矢倉も隊員たちも眼を見開いたが、このとき、上空から何かが降って来た。

「？」

それは直径三〇センチほどの虹色の球体であったが、着地すると同時に凄まじい勢いで膨張しはじめたのである。

自衛隊員のひとりが、後退する途中で何かに足をぶつけて仰向けに倒れた。球体がその上にのしかかった。全身を埋めた物質の下から、絶叫と骨の砕かれる音が上がった。どう見ても軟体としか思えぬそれは、数トンの物量を備えていたのである。

銃火が走っても、弾頭はブロブ状の身体に吸いこまれたきりである。

「しまった!?」

ミスティの柩に駆け寄ろうとしたダリスの眼前に迫ったそれは、柩を呑みこんだ。

突然、この場にふさわしからぬ音声が鳴り渡った。

人間の哄笑であった。

「話はみな聞いた。柩は貰っていくぞ」

矢倉と兵士たちは、声の主を求めて四方を見廻したが、ミスティとダリスの眼は巨大化する塊の頂に注がれた。

　足下の物体を縮小したとしか思えぬでぶが立っていた。

「あなたは!?」

　兵士のひとりが、愕然と英語で叫んだ。

「ミスター・グレゴリー・サントス!?」

　世界最大の軍事産業の総帥は片手を軽く上げてVサインをこしらえた。

「昨日の夜、成田に着いてすぐ、〈魔界都市〉とやらにやって来た。地上で我が基地のエージェントから情報を仕入れ、女王の柩はここにあると踏んでやって来た。遅かったようだが、何故か手に入ったぞ」

　英語である。じっとそれを見ていたダリスが、

「グレゴリー・サントス？　いいや、うぬの名は、ミジャニの盗賊王イムテップだ」

「ほお、あなたも甦りなさったか――果たして、どちらの力によるものか？」

　ミスティの口元がほころびたのは、よくよく懐かしかったらしい。盗賊と呼ばれるこの男は――現代世界最大の軍事産業の総帥だ。だが、いまこの地の底では？

「女王ミスティよ、遠い昔の我が申し入れを覚えていらっしゃるか？」

　とでぶは訊いた。二人への敬意は忘れていないとみえる。

　ミスティはうなずいた。

「ああ、覚えておるとも」

　急に吹き出した。記憶にこらえ切れなくなっ

たのだ。

「わらわの手鏡を奪い、返して欲しくば、おまえの妻になれ、と」

離れたところで、もうひとり吹き出した男がいる。ダリスであった。

「水に映った自分を見たことがあるのか？　ミジャニのイムテップよ。そう言えば、ミスティの陣に放った刺客から、女王の陣幕から笑いが絶えぬ一夜があったと聞かされたが、あれか？」

「うるさいですぞ、ダリス王よ」

口調はそのまま、表情は悪鬼のごとく歪ませて、サントス＝イムテップは叫んだ。

「正直、女王には未練があるが、いま私に命じる声に従って始末してくれる。ダリスさま――どいてくだされ」


ミスティの眼が一瞬宙を泳いだのは、よほど、うんざりしたらしい。

それも気にせず、イムテップが叫んだ。

「さあ、グレゴリー・サントスの生物兵器よ、その美女を押しつぶせ！」

塊は前進した。速度は今までの倍近い。

だが、ミスティは、後方へ跳んだ。そして、立ち尽くすダリスの口から黄白色の流れが、膨張体めがけて吹きつけたのである。

それは砂であった。その凄まじい勢いから砂嵐とも言うべきものであった。

そして、見よ。砂が吹きつけた膨張体の表面はみるみる腐敗し、崩壊していくではないか。

生物兵器は異様な音声を放ちつつ動きを止めた。苦痛の叫びであったかも知れない。

「これがダリスの新しい力だ。図らずも戦いの前に洩らしてしまったが、ミスティよ、運の強い女だ。そのでぶを塵と化すのに一分とかからぬ。しかし、その間におまえの相手をするのも辛い。今日は引く。だが、次にまみえるまでの時間は短いぞ」

声は、そのでぶの向こうから聞こえた。それを追ったのは水音であった。

「さすが、ルズバドのダリス王。我が、〝ファットマン〟も手傷を負うた。今回は女王の柩を手に入れたことで引き揚げるとしよう」

仁王立ちになったサントス＝イムテップの全身に音もなく数条の布が吹きつけて来た。

「おっと」

その声は、頭頂から顔面を覆ったマスクの下から聞こえた。布は巻きつき、締め上げた。その圧縮力は数トンに及ぶ。

コンマ一秒で、イムテップは人間の形をなさぬ絞り滓となっているはずであった。

だが、布はその表面を覆ったに留まり、イムテップがひと息吐くや、その身体ごと炎に包まれた。

灰と化した布を片手で払い落として、

「わしの全身は、〝デッドベル〟が作った防御骨《プロテクトボーン》格で固めてある。古代の技など役に立たんよ」

矢倉は骨まで凍りついた。

ミスティの顔に、凄惨とすら言える憎悪を認めたからである。

この女が冷厳な上辺《うわべ》からは想像もつかぬ感情のマグマを煮えたぎらせているのはわかっていた。

いま、それが押さえることなく噴出しつつある。新たな敵の笑いのせいか、それが頭上から浴びせられたせいか。

「現代の鎧がその方を守るか。ならば、我が時代の武器を味わい直してみるがよい。これはどうじゃ？」

ミスティは右手を真っすぐに伸ばした。その袖口から矢のように飛び出したものがある。

防禦服の喉もとに巻きついたとき、それは一匹のコブラと知れた。

そして、赤い装甲の喉に鋭い牙を突き立てたのである。米軍の一五五ミリ野戦砲の直撃にも耐える合金に、牙は易々と食いこみ、貼りついた肉と血管に猛毒を注ぎこんだ。

コブラを弾きとばしてから、サントス＝イムテップは絶叫を放った。自分でも信じられない苦鳴であった。現代の彼——グレゴリー・サントスの誇る戦闘用防禦服が、こうも簡単に破られ、その体内に恐るべき毒が注入されるはずはなかった。

だが、毒は血管を灼き、肉を溶かした。彼の内臓は火を噴き、顔の五穴から黒煙が噴き上がって、両眼はとろけ、流れ出した。

心臓と脊椎が焼かれる寸前、最終防禦システムが作動を開始した。

消化剤にあらぬ消火剤と修繕液が血管に注入されＤＮＡ内に寝かせておいた人工臓器が所定の位置で形を整えていく。

血と粘液まみれの眼窩から人口眼がせり出し、溶けかかった臓器は一気に処分され、偽りの心肺と骨格が生命を支えるべく奮闘にとりかかる。

「ほお、やるのお」

にやりと笑ったミスティの意図は、大したものだという感嘆か、その程度かという嘲笑か。

その姿を青緑の光を放つ電子眼に捉え、

「少し、女王ミスティを甘く見すぎたようだ。結末は次につける。いいや、この枢があれば、わしの方で今すぐにでも」

ぶよつく軟体の四方から翼をつけたエンジンのような円筒がせり出して来た。

次の瞬間、猛烈なイオン炎を噴き出しつつ、巨体は上昇を開始し、眼蓋きする暇もなく、上空へと消えてしまった。

静寂が戻った。

兵士たちは全員、原形を留めぬ肉塊と化して地面に貼りついていた。

「何だい、ありゃ？」

上空の闇を見上げたまま、矢倉がつぶやいた。

「現代《いま》のからくりと生物を合体させた兵器じゃ。からくりの名はわからぬが、あの軟体の元は確かに〝しょごす〟。南の果てにある氷雪の国の地底深くに棲息していると聞く」

「何にせよ、また敵が増えたな。それも、現代の知恵と武器を使いこなしやがる。グレゴリー・サントスといや、世界から戦争を無くさねえよう踏んばっている武器商人の総元締めじゃねえか。あれもあんたたちの一派かよ」

「わらわとダリスの争いの最中、双方の陣内に忍び込み、首飾りと腕輪を直に盗み去った大盗じゃ」

「直にって、ひょっとして身につけてるときにかっぱらったってことか？」

「そうじゃ」

ミスティは、悪びれた風もなく、むしろ愉しげに応じた。盗まれたことを怒るより、盗んだテクに感動しているとしか思えなかった。

それを諫《いさ》めるべく、矢倉は鋭い指摘を行った。

「棺桶もかっぱらわれたぜ」

「いずれ取り返す」

「あー？　いずれって、あと一〇分もすりゃ、サントスは蓋を開けて、あんたの心臓を取り出すぜ。それをどう扱うかはわかんねえけどよ、あんたの生死は完全に向こうの手に握られちまうんだぜ」

「それは、出来ぬな」

「なんでだよ」

薄笑いのような口調が気に触り、矢倉は唇を突き出した。

「あの柩にはな」

聴き終えて、矢倉は一瞬眼を剥いたが、たちまち正常に戻って、

「そんなことしたって、やっつけられるのは、最初のひとりだけだぜ。後はどうするんだ？」

「少くともささやかな幸運ではあったな。ダリスの手に落ちずにイムテップがさらうとは。彼奴ならば――」

そして、女王は虚空に眼をやった。

「あのな、おい」

「どうした？」

「おれの身体にゃ、さっきの兵隊が注射した毒

薬が入ってるんだろ。何とかしてくれよ」

「ふむ」

ミスティは胸もとから一匹のコブラを摑み出し、まさかと眼を剝く矢倉の腕に牙を立たせた。

「な、なんてことしやがる!?」

「毒は特をもって制す。これでおまえは元通りじゃ」

「う、嘘じゃねえだろうな？」

「そのときが来たらわかる。蛇に礼を言え」

鎌首を持ち上げてる毒蛇に矢倉は、

「あ、ありがとうよ」

と言った。

ミスティはまた頭上をふり仰いで、

「おまえを背負って登るのにやぶさかではないが、少々時間がかかりそうじゃ。人手を借りるとしよう」

降りるときからそれを考えていた矢倉は頭を抱えたくなった。

いくらクライミングの天才とはいえ、上りと下りは違う。一万メートルの壁となると、登攀時間は想像もつかない。エレベーターは地下六〇〇〇メートルまでしかないから、富士山ひとつ以上が残る。しかも、矢倉を背負ってだ。

それは無理——というより時間の無駄とミスティも認めたらしいが、ではどうするか？　人手を頼むといっても、〈亀裂〉内では携帯も通じないし、公的な援助を要請すると莫大な報酬を要求されるという。

ミスティは顔を思いきり仰向け唇を突き出した。

メロディが登りはじめた。

恐らくは古代エジプト以前のものであろう哀愁を含んだ調べに、矢倉はついうっとりと聴き惚れた。

ふと、こんなことしてどうなるのか、と思い至ったとき、頭上から巨大な蜂の羽音のような響きが下りて来た。

「え？」

それは二人の頭上二〇メートルほどのところで止まり、さらに一本のロープが投げ下ろされた。それを伝わって、ひとりの小柄どころか、人形サイズの娘が、闇の中に金髪をかがやかせつつ滑り下りて来たではないか。

矢倉は眼を見張った。

「こりゃ、〈高田馬場駅〉の――」

〈高田馬場・魔法街〉の黒い女王・トンブ・ルーレンブルクの家に同居する人形娘であった。

とん、と地上へ着地すると、

「先程はどうも」

とミスティに頭を下げ、

「初めまして」

と矢倉にも一礼した。その可憐で優雅な仕草に、矢倉は隣りの女に出会って以来、はじめての安らぎを味わった。

「どうして、あんたがここに？」

と見つめた若い瞳は、彼の悲惨な顔を、あたたかく映している。

「こちらへ降下していらっしゃるとき、私、アルバイトで地下三〇〇〇メートルにある遺跡の清掃を行っていたのです。はっと気づいてそちらへ眼をやったとき」

「わらわと眼が合ったのじゃ。このからくりには人間以上に気持ちが通じた。わらわはそこにいろと命じ、このものは承知した」

「命じられた訳ではございませんが、お気持ちは通じました。そこへ先刻の口笛が届いたのでございます。あの曲は確か、一万年以上前、古代ナイル川流域に流布した〝月光の舟〟。ガレーン様のお宅以外で耳にすることがあるとは、想像もいたしませんでした。ＳＯＳを求めていらっしゃるのは、その響きでわかりました」

「見込んだ通りのからくりじゃの。わらわが見た中で最高の品じゃ」

「お褒めに預かって恐縮ですわ。ここからお出になりたいのですか？」

「左様。脱出するための道具はあれか？」

「はい——〝昇降鳥〟です。ただし眼には見えません」

「ガレーンとやらは、魔法使いか？」

「左様でございます」

「同じ鳥なら、わらわの魔法使いも、三匹ほど飼育しておったわ。この世界にも生きていたとみえる。おまえの主人は大した力の持ち主じゃの」

「仰せのとおりで——さ、このロープにお摑まり下さい。ご無礼とは存じますが、籠の用意はございません」

「非常事態じゃ。差し支えない」

「ちょっと待ってくれ」

矢倉はあわてて異議を唱えた。

「そんなロープに摑まって、一万メートル上昇する？　冗談だろ。手が持たねえよ」

その身体がぐいと襟首摑んで持ち上げられた。

ロープのところまで来ると、ミスティは右手でそれを摑んだ。人形娘はその上にいる。

「それでは参ります」

「うむ」

「待ってくれ」

と矢倉は叫んだ。その喉を襟ごと握りしめて、

「いざとなったらわらわに摑まれ。万が一に落ちたときも付き合ってつかわす」

そして、窒息する寸前の矢倉を片手に、女王は風を巻いて地上へと上昇しはじめたのであった。

3

ミスティはそのまま地上へ上がり、くっついて来た人形娘と〈高田馬場・魔法街〉にあるトンブ・ルーレンブルクの家を訪れた。

人形娘が手持ちの鍵でドアを開けてみると、居間らしい部屋の真ん中に置かれたテーブルの前で、もの凄く太った女が、水晶玉に気合いを入れていた。

「この野郎、出ろ」

「今度出て来たらトイレで流してやる」

「トンブ様を舐めたら、骨董品屋に売りとばしてやるのだ。サーカスにでも拾ってもらうんだね」

「何事じゃ？」

とミスティが訊くと、

「水晶玉と折り合いが悪いのです」

と人形娘が答えた。

「よくそれで魔法使いが務まるの」

「あの方は、何から何まで特別製ですから」

ミスティが、おや？　という表情を作った。

人形娘の声に含まれた皮肉っぽさに気がついたのである。同時に二人の関係も理解したようだ。

「用件を伝えぃ」

「承知しました」

人形娘が水晶玉を両手でふり廻しているぷくぷくりんに近づき、話しかけてもトンブはふり向きもせず、ついに水晶玉を、向こうの壁へ叩きつけた。

傷はつかなかったようだが、それで気が済んだか、ようやくこちらを向いて、むむ、と呻いた。

「あんた只者じゃないね？　その顔――見覚えがあるよ。そうだ、姉さんが透視した――えーと、シェラジーンの女王だね。名前は確か――」

「ミスティじゃ」

何処かで鴉《からす》が鳴いた。

「ほう、あのヘソ曲がりが感動してるわさ。どうやら本物だね。ニュースで見たときから、そうかとは思ってたんだわさ」

「用向きは聞いたの？」

トンブはうなずいた。

「確かに。少しお待ち。いま、決着をつけて来るのだわさ」

のっしのっしと壁に叩きつけた水晶玉のところまで歩き、よいしょと拾い上げて、テーブルに乗せた。

石壁なのに傷ひとつついていない。

息を吹きかけ、黒い長衣の袖で表面をこすった。

「ほええ、素直に光ってるよ。どうやら、ミスティって名前に恐れ入ったらしいね」

ぼん、と下腹をひとつ叩いて、

「ほんじゃ訊くよ。ルズバドのダリスって王さまがいる。居場所をお探し」

しん、と空気が息を止めた。

二秒——三秒——水晶玉の内側に青い光が走った。

「こりゃ珍らしい」

トンブが奇声を上げた。

「迷ってるわさ。こら、さぼるな」

シェーカーみたいにがしゃがしゃと振って、また覗いたが、光の状態は変わらなかった。

「うーむうーむ」

唸りに合わせて、汗が頬の上で線を描いた。

「うんっ!?」

ドンと玉をテーブルに置いて、こちらをふり向いた。

「探索よけの防御魔法がかかってるわさ。それもどえらく強いやつ。わかったのはひとつだけだね。そいつは〈大京町〉の何処かにいるよ」

ミスティはうなずいた。

「十分とはいえぬが、ご苦労であった。礼じゃ」

小指の先ほどの黄金の塊がテーブルに落ちた。

つまみ上げて、トンブは細い眼を思いきり広げた。

「あらさっさ。こりゃ、〝バビロンの黄金《きん》〟ではないか。ひええ、これでニューヨークの土地の半分が買えるのだわさ」

「地主になるがいい」

爽やかに言い放って、ミスティは部屋を出た。

矢倉と——人形娘が追って来た。

「おい、あんた値打ちもン隠して、おれのカードを使ってたのか？　このドケチ女王」

「万が一を考えたのじゃ」

罵っても知らん顔である。

効果なしと見て、

「な、ひと休みしようや。あんたは心臓なしだからいいが、おれは危ねえ。心臓が止まりそうだ」

「新しいものに替えてつかわす」

「やめてくれ」

ミスティはふり返り、ドアの前に立つ小さな女を見つめた。

「世話になった、さらばじゃ」

「次のご来訪をお待ちしています」

可憐な返事に、わずかに口元をほころばせ、女王は歩き出した。空気は青く染まっている。

通りへ出て歩み去る人影を、人形娘はまだ追っていた。

光るものが飛んできた。胸前に開いた手の平の上で、それは小さなかがやきを放った。

トンブの倍もある黄金の粒であった。


「くそ、開かん」

英語で喚くや、サントス＝イムテップは、可動の唸りを立てつづけるパワー・マシンのスイッチを切った。

三〇万馬力を絞り出すマシンは、〈区外〉の「サントス精工」から取り寄せたものだ。だが、五万トン級の客船すら易々と放り投げてしまうパワーをもってしても、石棺の蓋は一ミリも動かすことが出来なかったのである。薄い刃《やいば》も嵌《は》まったままだ。

「この中にミスティ女王の心臓があるのはわかっていても手も足も出せんとは。さて、どうしたものか」

彼は眼を閉じ、黙考の状態に入った。突然、その唇から、ひどく調子っ外れの、しかし有名なメロディが流れはじめた。

「セントルイス・ブルース」であった。

あまつさえ、歌声さえ加わったではないか。

仰げば心かなし　夕陽しずむ頃は
耳にした者が全員、その耳を押さえるような歌声は、しかし、それなりの迫力と哀しみを湛えて広い空間を巡った。

今日の日も　明日の日も　慕う君が姿
拍手が上がった。観客がいたわけではない。自分で叩いたのだ。満足そのものの表情で手の平を打ち合わせながら、彼はこう叫んだ。

「やはり、ひとりでは無理か。奴の力を借りねばならん」


大いに厄介なのは、こちらにもひとりいた。

矢倉は自室のドアの前で頭を抱えていた。

妄想が荒れ狂っている。

ドアの向こうでは、ミスティがシャワーを浴びているのだろう。

帰宅するや、

「湯浴みをする、出て行け」

ときた。

見やしねえよ、前にも浴びたじゃねえかと抗弁したが、

「男など信じられぬ。下僕が何を言う」

「げ下僕」

と驚いているうちに、力づくで追い出されてしまった。おまけに、

「乳液と香料が欲しい、買って参れ」

「おれのコロンならあるぜ」

と言ったが、

「この珠のような肌に男ものなど使えるものか、無礼者」

と冷酷に言われ、やむなく買いに出た。近所の薬局で購入したが、ドアは開かない。

「こん畜生」

と口にした途端、シャワーを浴びるミスティの姿が脳を埋めた。

外にいるときは、その迫力のせいで、女と意識することはほとんどなかったのだが、湯あみだのシャワーだのとなると、突然、女王は裸体になった。

妄想に過ぎないイメージが、あまりに生々しいことに、矢倉は驚いた。無意識のうちに、女体に執着していたらしい。

そうなると、湯煙りの中に見え隠れする裸身は、一層鮮明さを増してきた。

豊かな浅黒い乳房、思い切り力強く締まった腰のくびれと一気に張り出した尻、引きしまっ

た太腿、そして……

気がつくと、通路のに出て来た隣室の母子《おやこ》が、じっとこちらを見つめていた。股間に伸びた手は、ズボンの上から握り締めている。

「な、なに見てやがる!?」

激昂して喚いた。

母子はすぐ退散した。

ドアが閉まる直前、

「隣りの小父ちゃん、どうしたの？」

と五歳ほどの男の子の声がした。母親が応じ、

「放っときなさい。餌を与えたら駄目よ」

おれは動物か、と思ったとき、ドアが開き繊《せん》手《しゅ》が襟首を摑んで引っ張り込んだ。

ドアを閉じたミスティを見て、矢倉は生唾を呑み込んだ。

バスタオルはいいが、締めつけられた乳房は半ばせり出しているし、脚ときたら、ほとんどつけ根近くまで剥き出しだ。猫のような鋭い黒瞳と小さな鼻に厚めの唇のトリオは、真正面から見ると、異様に官能的で、それに劣らぬ気品で抑えつけているのが、あまりにも勿体ないと思われた。

「何を見ておる」

「は？」

と眼を白黒させたところに、

「乳液は買って来たか？」

「あ、ああ」

と袋をぶら下げて見せた。

「では、塗れ」

「はあ？」

言われた内容も理解できなかったが、後ろを向いたミスティの身体から、バスタオルが滑り落ちたのは、もっとわからなかった。

生光る肌は、不釣り合いと言えるほど豊かな臀部へと変わり、肩から砂をこぼせば、フローリングへ落ちるときには、砂金に変容を遂げているに違いない。

「何をしておる、塗れ」

また言われて、また我に返った。

「あ、ああ」

また同じ反応を示した後、紙袋から資生堂の乳液を取り出し、蓋《キャップ》を外した。夢の中にいるような気がした。動きがぎこちないのもそのせいに違いない。

乳液をつけた手の平は、肌に灼きついた。背中から腰までは何とかなったが、臀部に触る寸前で止まった。

「まどろっこしい男じゃな。塗り易くして仕わす。ほれ」

上体は前へ沈み、尻が突き出された。この美女が娼婦なのか女王なのか、矢倉は昏迷する思考と官能の渦に巻き込まれた。

どう尻に塗ったかは覚えていない。照明の下で、浅黒い尻は嬉しく粘くかがやいた。息が乱れに乱れている。めまいがした。

「次は前じゃ」

「はあ？」

「後ろの次は前であろう。違うか？」

「い、いや、そのとおりだ」

「ならばほれ——腋の下までたっぷりと塗りつ

けよ」

と大胆にさらけ出した両腋には黒い繁みが固まっていた。

何とかこなした。

「よかろう。慣れておるな」

「風俗でな」

「――何？」

「何でもねえ。次は――」

胸と乳首に眼が吸いついていた。ミスティはにやりと笑って、顔をのけぞらせ両手を喉に滑らせた。

「次はここじゃ。それから、お前の好きなところに移れ」

この女、知りくさっているのではないかと思った。

矢倉は従った。次は好きなところを、との言葉が行動原理にかなっているのは疑いなかった。

腋の下から喉に移り、それから、となった。

「どうした？　わらわは注文をつけぬぞ」

その声が嘲笑のごとく聞こえて、矢倉は前へ出た。

力いっぱい抱き寄せ、左の乳房を吸った。

「ほお、下僕にしては大胆な真似をする」

ミスティは抵抗しなかった。矢倉が乳房を頬張り、乳首を噛むのに任せた。

「そこまでじゃ」

と告げたのは、二つの乳房を唾まみれにしてからであった。

肢体が離れるや、矢倉はその場にへたり込んだ。

不意に悲鳴が上がった。

第七章　止まらぬ追撃者

倒れた椅子が新しい音を立てた。

ミスティに突きのけられた矢倉がぶつかったのである。

1

次の音が加わった。

スチールのドアの一部が内側にせり出した。

獣の足型に間違いない。

二回目でドアを貫通したものは、銀色に光る、犬の足であった。

それが抜かれ、鼻面が覗いた。頭をふりながら強引にねじ込んでくる。

「これもからくりじゃな」

壮絶な脅威に焦る様子もなく、ミスティはバスタオルを拾い上げた。

「よい武器があった。これで相手をしてやろう。のけ」

と頭を抱えて唸る矢倉を、三メートルも蹴りとばし、タオルをひと振りした。

パン！ と鳴った刹那、ドアを裂いて、銀色の獣がとび込んで来た。

「〝機械《メカ》ドーベルマン〟だ！」

矢倉が指さして叫んだ。

「グラビア誌で見た。『サントス兵器』の索敵殲滅兵器だ。気をつけろ――マッハで跳ぶぞ」

「ドーベルマンとは犬か？ 犬ならばわらわの匂いを追って来たな。〈亀裂〉の底で嗅いだか」

ミスティは前へ出た。

メカ犬はじっと電子眼をミスティに向けてい

たが、その動きに合わせて後じさった。機械も恐怖を覚えるのか、このたおやかな肢体の女王に。

　前進するミスティに対し、ドーベルマンは弧を描くように後退し、テーブルを廻って矢倉に接近してきた。

　矢倉は奇怪な精神状態にあった。

　状況の危険度を理解しながらも、ミスティとの興奮が醒めないのである。醒めてはならない。

　この犬は、そうさせようとしている。

　いきなりとびかかって来た。それで何とかなるとは思っていなかった。

　腕の中でドーベルマンはたやすく頭を廻して矢倉の頭部に鉄の牙をたてた。

　白い塊がドーベルマンを襲った。猟犬はバス・ルームのドアにぶつかって、床に落ちた。すぐに起き上がったものの、直撃を食らった首のつけ根の接合部がズレて、電磁波を放っている。

　地を蹴った。

　バスタオルは空中で横薙ぎにそれを捕捉し、方向を変えるや床に叩きつけた。時速一〇〇キロの乗用車に激突しても支障のないボディは、一撃で機能停止に陥った。

　もう一度叩きつけてとどめを刺し、ミスティは矢倉に歩み寄った。

　傷口を押さえた手の下から鮮血が床に広がっていく。

　ミスティはその手をずらし、傷口に片手を当てた。出血は停止した。

「だが、流れ過ぎたか」

ミスティは、八〇キロ超えの矢倉を易々と担ぎ上げ、部屋を出た。バスタオル一枚の裸身であった。

通りでタクシーを拾い、おかしな客には慣れているらしいにこやかな運転手に、

「いちばん腕のいい医者のところにやれ」

と命じた。

タクシーが着いたのは、言うまでもなく〈メフィスト病院〉であった。

緊急搬入口からストレッチャーでエレベーターに乗せられ、一秒の停滞もなく矢倉は手術室へ運ばれた。

その前で立ち尽くしているミスティのところへ、白い医師がやって来た。

自ら光を放つような美貌を眺めていると、ケープの下から、地味なワンピースが現れた。

「患者の外出用だ。その姿で院内を歩かれては、治る者も治らない」

ようやく、バスタオル一枚なのに気づいたが、恥じる風など全くなく、

「あ奴は助かるのか？」

と訊いた。

医師の口もとに深い笑みが浮かんだ。

自分の名も訊かず、自ら名乗りもせず、服をまとう前に患者の容態を尋ねたことに、好感を抱いたのである。

「安心したまえ。じきに現れる」

「左様か」

かすかにうなずく女王へ、

「メフィストという。院長だ」

「医師の王じゃな」

「仰せのとおり」

二人はその階の応接室へ入った。

「あなたのことは、ニュースで聞いた」

とメフィストは切り出した。

「左様か」

ミスティの応答は、何処か虚ろであった。白い美貌のせいだ。

「ひとつだけお伺いしたい」

「何じゃ？」

「この街で甦られた訳は？」

ミスティは眼を閉じて即答した。

「まだわからぬ」

「いつかはわかると？」

「そうじゃ」

「ダリスにもわからんかな？」

「——知っておるのか、彼奴を⁉」

「確かに、女王ミスティ。お二人に関して記された文書に眼を通した」

「そのようなものがあったか？」

ミスティの問いを、白い院長は無視した。

「あなたと敵対している以上、ダリス王は逆の意図を持って甦った。その理由《わけ》は？」

「わからぬ。彼奴に訊けばよかろう」

メフィストが、失礼と言って、右手をふった。

二人の中間に、３Ｄの女性看護師が現れた。

「手術完了です」

「よろしい」

もうひとふりして画像を消し、

「傷としては単純だった。連れてお帰りになって結構」

「左様か——しかし、驚くべき速さじゃ。こんな医師は、シェラジーンにもおらなんだ」

「遠い砂漠の涯てにある水晶の都だったな。一度、訪問してみたいものだ」

「おぬしなら、行けるかも知れぬな。砂に埋もれた廃墟ではなく、栄光のさなかにあるシェラジーンに」

「痛み入る」

メフィストはどこまで本気なのか。

「ダリスをお探しか？」

「向こうが探しに来るじゃろう」

「ひとり紹介しよう」

ケープの内側から一枚の名刺を取り出し、ミスティに渡した。

「秋せつら？」

「気が向いたら声をかけなさい。情《つれ》ない男だが、役には立つだろう。それと——」

もう一度ケープから出した手の平に一五センチほどの細いメスが乗っていた。

「これは？」

「お持ちなさい。こちらも何かの役に立つ」

メフィストの眼を見てから、ミスティは手の中の細長いかがやきを見つめた。

「では、玄関ホールで待ちたまえ。お友達はすぐに現れる」

「友ではない——下僕じゃ」

メフィストは破顔した。患者以外の女性に見せることはないはずの笑顔であった。

「失礼した。下僕はすぐに」

出かけようとしたとき、鉄扉が叩かれた。

「何者だ？」

「ミジャニのイムテップである」

「何の用だ？　只では帰れぬぞ」

「相談があって来た」

「相談？　その前に何故ここがわかった？」

「飼い犬が教えてくれたのよ」

イムテップはにやにや笑いを崩さなかった。

「わしの鼻孔には周囲の匂いを収集するシートが貼っつけてあってな。それを犬に嗅がせたのじゃ。ミスティ女王のところにも向かわせたわい。我々には、あの柩の中身が必要だ。そして、蓋を開けるには、あんたの力が要る」

「おれをあんたと呼ぶな」

「これはこれは。早くもこの世界に慣れたか——では、ダリス王。要求は繰り返さんよ」

王と呼ばれた男は、沈黙を選んだようであった。

「なぜ、応じぬ。女王が斃れれば、この街はあなたの物。これほど向いたところはこの星が滅びても現れはすまい。何をためらう？」

光が翳った。天井の照明を蝙蝠《こうもり》がかすめたのだ。ここは〈余丁町〉の廃墟であった。

突然、サントス＝イムテップが両手を打ち合わせた。

「これは気づかなかった。柩の中の物をわしには渡したく——いいや、見せたくない、と？」

「……」

「今更、善人ぶるのはおやめなされ」

サントス＝イムテップは嘲笑を放った。

「あなたとミスティの女王が甦ったと知ったとき、わしに天の配材が、女王の味方についたと思った。あのとき、シェラジーンの宮殿で、あなたが女王にしたことを考えれば、こうならなくてはあまりに理不尽だ。それこそ神も仏もあるまい」

「よさんか、イムテップ。それ以上舌を動かすと許さぬぞ」

「これは失礼を。で、お力添えを願えますかな？」

「よかろう」

「これは」

「ただし、おまえの大盗たる技倆《うで》を見てからだ。ナジークとガザル。おれが五つ数えたら、こいつを殺せ」

二つの影が恭《うやうや》しく応じた。一瞬の停滞もなく、

「ひとつ」

とダリスは数えはじめた。イムテップは動かない。動けないのかも知れなかった。

「ふたつ」

イムテップが走った。

予測できないタイミングと速度で、二人の間をすり抜け、ふり向いた。

二人の部下の口から、驚きの声が上がった。呻きを抑えたのは、ダリスの部下ならではだ。

イムテップの右手の平の上で蠢《うごめ》いているのは、血と湯気にまみれた肝臓であった。だが、左手のそれは――全体が青い電磁波の点滅で構成さ

れていた。

同時に身を折り、前手をついた二人へ、

「ほっほっほ。大盗の綽名の意味がわかったかの？　痛むか？　では、こうしたらどうじゃ？」

イムテップは肝臓を足下へ下ろし、ぱんと手を打ち合わせた。

驚きの表情が二人の顔をかすめ、立ち上がらせた。

「痛みもなかろう？　お望みとあれば、最初からそうしても良かった。どれ」

イムテップが床の臓器を拾い上げ、立ち尽くす二人に近づくと、胸骨の下あたりに押し付けた。

ほい、と離した手にも、二人の身体にも血の一滴すら残っていなかった。

その部分に手を当て、顔を見合わせてから、イムテップを見つめた二人の表情には、怒りよりも驚きよりも感嘆の色が濃い。

〝心霊手術〟と誰もが言うだろう。だが、痛みを自由に操り、傷痕ひとつ残さず内臓を差し入れするとなれば、心霊どころか魔法手術としか言いようがあるまい。

「残念ながら、女王の石棺には我が技も及ばんだ。どうしても、ダリス王の力が要る。その要求を満たした以上、王の誇りにかけても協力を惜しまんでもらおうか」

視線の果てから、何とも不気味な声が、

「よかろう」

と応じた。

2

「ダリスめ、何処におる?」

ミスティがつぶやいたのは、〈左門町〉の西の外れであった。

〈メフィスト病院〉から直行したから、当然、夜である。

〈丁目〉のない単独町は、現在も〈魔震〉前と同じ約一五〇〇余名の人口を擁し、数個の〈廃墟〉もすでに、〈安全地帯《セーフティ・ゾーン》〉に属する穏やかな住宅街である。

ほとんどの家々は闇の中に黒々と並んでいるきりだが、仲間外れのように明かりの点る家もある。

「得意の勘はどうなんだよ?」

と矢倉は嫌味たらしく訊いた。

「冴えぬな。この調子では何者かがダリスに力を貸しておる。恐らくは——」

「イムテップか?」

「恐らくはの。あの優れたでぶ魔道士の力ですら、この近辺としか判明しなかった」

「じゃあ、何で来たんだよ。易者にでも占ってもらった方がマシそうだぜーん?」

矢倉は眼をしばたたいた。その眼の先——五、六メートル向こうの電柱の陰に、小さな影がこちらを向いている。この寒空に上身裸の女の子であった。六つか五つというところか。下はパジャマである。

「何じゃ、あれは?」

ミスティも気づいたらしい。

「わからねえ。放っとけよ。面倒臭え」

「黙れ。見て参れ」

「えーー？」

「嫌か？」

と睨みつけられて、

「へいへい」

矢倉は唇を突き出して女の子に走り寄った。

素早く電柱の向こうに身を入れたが、その前に上半身を見て、矢倉は、うっ!?　と洩らした。

白い肌は無残な傷に覆われていた。みみず腫れはもちろん、黒い染みは内出血だろう。もっと小さな火傷の痕に至っては、それこそ無数といっていい。

「おい、嬢ちゃん——どうしたんだ？」

近づいて覗くと、少女はひいいと叫んで柱を廻った。怯え切っている。

その肩に白い手が触れた。

「おまえをこんな目に遭わせたのは、誰じゃ？」

静かな声である。冷たく穏やかな表情であった。

自分でもよくわからないのに、矢倉は震え上がった。

ふり返ってミスティを見つめた少女の顔から、怯えが退《ひ》いていった。激しいくしゃみが連続し、全身が震えだす。緊張が解けて、身体機能が正常に戻ったのだ。

「憐れな」

うーっと洩らしながら、自分の肩を抱いた。

ミスティは自分の上着を脱いで震える身体にかけた。

途端に少女が泣きはじめた。ミスティを味方と認めた証拠である。

その身体を抱き寄せ、動かなくなった女王を見ているうちに、矢倉はあの柩についた小さな手の痕を思い出した。

遠くから足音が駆けつけて来たのは、そのときだ。

何か起こりそうな気がした。途轍《とてつ》もなく恐ろしいことが。

ミスティが少女を抱いたまま立ち上がった。

小さなの顔を見据えて、

「おまえの家に案内《あない》せよ」

と命じた。それから、

「名は何と申す？」

「滝沢待子」

「わらわはミスティじゃ」

少女――待子は、その名を小さく、しかし胸に沁みこませるみたいに強く唱えた。


待子が導いたのは、一〇分ほど離れたところに建つ中型のマンションの一室であった。

ドアには
「塚本」

とあった。

チャイムを鳴らすと、少し間をおいて、泥で出来たような原始的な仮面を被った長衣の男が現れた。〈新宿〉では平凡な公務員でもフリー・タイムに魔術を実践したり、悪魔崇拝教団に加入したりする。こんな衣装では誰も驚かない。

「何の用だ？」

喧嘩腰の問いである。猛烈なアルコール臭を気にもせずミスティは、

「うぬは蘇生の魔術を使うな？」

と訊いた。男は自分の首から下を見下ろしてから、

「――これかい？　素人の遊びだよ」

と答えて、ミスティが抱いた少女を見た。

「おや、家《うち》の子じゃあないの」

男の後ろでかん高い声が上がり、赤髪の女が顔を出した。こちらも長衣姿である。細面《ほそおもて》の毒々しい顔つきをしている。

「はい、ありがとう」

と少女にのばした手から、すいと外して、

「幾つになる？」

とミスティは訊いた。

「おい？」

と男が凄んだが、女が止めて、

「四つと二カ月だよ」

「こんないたいけな子を、うぬらは生ける死者に変えたのか？」

二人は、はっと顔を見合わせた。女の顔から平凡な主婦の仮面は剝げ落ちていた。

「生ける死者って――ゾンビか？」

矢倉は自分の声を遠く聞いた。

「子供を集めて、殺し屋や殺戮兵器に変える集団があるとは聞いてたがよ、まさか、自分の子をゾンビに。それからどうするつもりなんだ？」

「わらわのような人間を見つけて、喉にかぶりつく」

「――そうよ、そのはずよ」

と女が喚いた。

「なのに、どうしてこんなところまで……いつもなら、出会ったところで嚙み殺し、財布を奪って来るはずなのに」

「四つの子が人を殺したいと思うか？」

ミスティは両親を見つめた。その全身から真紅の炎が燃え上がっているように見え、矢倉は眼を閉じた。

「ゾンビとやらになりたかったと思うか？　殴られ、蹴られ、火を押しつけられたがったと思うてか？　それも両親に？」

「大きなお世話だ。返してもらうぜ」

男は右手で待子を抱き、左手でミスティの手を摑んだ。今朝服《の》んだ筋力増幅剤のお蔭で、五馬力近いパワーが発揮できる。女の細腕など握りつぶしてしまえ。

細い腕が小さな弧を描いた。凄まじいスピードであった。摑んだままの父親の手首がぽきりと折れた。

「腕が――おれの腕が――」

と喚く父親の鳩尾をミスティは蹴りとばした。

男はキッチンテーブルを吹っとばし、奥の壁に激突した。

「何しやがる⁉」

女性がとびかかって来た。その顔に手を当てがって、ミスティは父親と同じところに突きとばした。

頭が、立ち上がりかけた父親の顔面に命中し、もう一度壁に激突した。

「あんた何者だよ!?　あたしたちが何したたって言うのさ!!」

抗弁する母親の形相は、恐怖そのものであった。ミスティの怪力と――こころがわかったのだ。

「シェラジーンでは、無法を必ずしも厳禁はせぬ。それは人間の血の中に内在するものじゃ。取り除けば、人は人ではなくなる。だが、唯一、幼児《おさなご》への暴力虐待は許さぬ。断じてじゃ。子供は未来を抱いて生まれて来る。それを奪うのは、何人といえども許されぬ。シェラジーンでそれを行った輩《やから》は八つ裂き、鰐の餌、生き埋め、医術のための解剖に付された。おまえたちの刑罰もそれに準じる」

「け刑罰!?」

血まみれの男が恐怖の叫びを上げた。

「てめえ――どこの人間だ？　ここは日本だぞ」

「いいや、〈新宿〉じゃ」

とミスティ。

「そして、我がシェラジーンに似ておる。従ってこの街の法は、わらわが法じゃ。未来をひとつ奪った奴ら――この場で解体処分に付す」

「か、解体!?」

と口走ったのは矢倉であった。彼が止める間もなく、子供を下ろして壁際の二人に近づいたミスティは、男の髪に右手を乗せた。

それがかすむと同時に、赤い靄《もや》が父親の頭と顔を包んだ。

「ひい！」

これは母親の悲鳴であった。

赤い霞《かすみ》は血と肉でもあったのか、真っさらの頭蓋骨の眼窩から眼球が糸を引いて落ちるや、父親の上体は前のめりに倒れた。

「た、助けて」

「……あたしは……と止めたんだよ。あたしたちの子じゃないかって。でも、あいつが……早いとこゾンビに変えて……稼がせようって……それで……」

「仲間に加わったか」

ミスティの右手が一閃した。正確には爪の一閃であったろう。母親は両眼を押さえてのけぞった。その眼球は鼻梁ごと横一文字に切り裂かれていたのである。

のたうち廻る母親へ、

「止めたのなら、なぜその子を連れて逃げなんだ？」

「それは——こいつに脅されてたからよ」

「母親の言う通りか？」

少女はううんと言った。

「この餓鬼——ここまで育ててやったのに」

「この女もおまえをぶったか？」

こくん、とうなずいた。

「火も押しつけたか？」

「うん」

「この恩知らず！」

母親の叫びは、ケクという音で終わった。ミスティが喉を摑んで持ち上げたのである。

「せめて、死に方を選ばしてやろう」

ミスティは冷え冷えと言った。

「このまま首をちぎり取られるか、夫のように顔と頭を整地されるか、手足を引き抜かれるか、生きたまま内臓を抜き取られるか――選べ」

　死に方を選ばせる――情けのように見えて、何という無慈悲残酷な強制か。

　母親は手足をわずかに動かして、アヒアヒと喘ぐばかりだ。いや、泣いている。

「答えぬか。では、この子に選ばせよう。いま言ったことがわかるな？　よろしい。鬼母にどれを与えたい？」

　待子はミスティを見上げ、それからとことこ歩いて、二人の間に入ると、両手を大きく広げた。

「庇ってるんだ！」

　矢倉の驚きの声は、ミスティにはかすかな表情の変化で表れた。

「おまえは嬲《なぶ》り殺しにされてなお、下手人を庇うのか？」

　返事は、きりりと結んだ唇と、力いっぱい震える両手――そして、と、一歩も退《ひ》かぬと伝わる幼児の心意気であった。

「死してなお生きる健気《けなげ》な娘を受け入れる施設――この街ならばあるであろうな？」

念を押す――どころか無ければ許さんぞという口調であった。

　矢倉はうなずいた。

「おお、あるとも。あの〈金権区長〉が珍らしく、一〇年ほど前に、〈L　D《リビング・デッド》保護センター〉てのを開設しやがってな。生ける死者になった連中を引き取って、元の人間に戻すか、駄目ならそのまま真っ当に生きる訓練をする場所を〈高田馬場〉にこさえたんだ」

「なら連れて行け」

「おお、収容車が来るよう連絡を取るぜ」

ミスティは中腰になると、待子に両手を広げた。

少女はとび込んで来た。それを抱き上げて矢倉に渡し、行けと命じた。

待子が途中で男の腕の中から、母親の方を向いて、バイバイと言った。母親への義理は果たしたのだ。

二人の後からついて行き、三和土《たたき》に下りると、ミスティはドアを閉めた。

母親は両手を床について、荒い呼吸を繰り返していた。

「こう考えておるな――『何とか切り抜けた。なに、またどっかの餓鬼をさらって来て稼がせてやるさ』と」

母親は死人の顔になった。図星だったからだ。

「おまえはまた同じことをする――待子を虐めていたのは、おまえの方ではないのか？」

「よしてよ。おかしな言い掛かりつけないどくれ」

「そうだと言っておる。その顔と手足が」

母親の顔から表情が消え、一緒に意欲のようなものが消えていった。

「何するつもりだよ？　あたしは……」

「あの子の母親か？　それ故に許せぬ」

立ちすくむ女をめがけて、灰色の布が数条、びらびらとなびき寄って行った。

数分遅れて、通りに出たミスティへ、矢倉が妙な表情で抱き上げている待子の上衣を持ち上げ、小さな筋ばった背中を露にした。

ひとめでミスティは理解した。

傷痕の位置と形が変わっている。

「こりゃ、この辺の地図だぜ」

と矢倉が眉を寄せた。

その眼の中を赤い線がゆっくりと流れていた。

「血だ」

そして、それは小さな傷痕の前で停まった。

「地図」と周囲の様子を見比べて、

「〈余丁町《よちょう》〉の廃墟だ。ダリスはそこにいるぜ」

自信に満ちた口調で、矢倉が断言した。

ミスティがうなずいた。

3

「収容車」が通るまで、

「どうして、この子の背中にあんな地図が出たんだろう」

矢倉はようやく思いついた真っ当な質問をした。

「それにどうしておれにダリスの隠れ家だとわかったんだ？」

「神の力によるものだ」

「神ィ？」

「たとえ百万の歳月会えずにいても、神は常に我らの運命を見ていて下さる。それよ」

「それよじゃねえ。そんな都合のいい事が起こって堪るかよ」

「恐らく、わらわにも味方がいるのじゃ。ダリスに転生したかつての部下がいるように」

「するとあれか、あんたの部下も、この世に生まれ変わって来たと？」

「わからぬ。推量じゃ」

「妄想を口にするな、アホめ」

「何じゃと？」

「い、いや、何でも」

あわてて白ばっくれたが、ミスティの眼で刺し貫かれた心臓は、激しく打ち乱れた。

〈収容車〉が来た。

「それじゃ、おれはこの子をセンターへ届けてくるわ」

ミスティは、待子を後部ドアから白衣の係員に渡すと、前へ廻って運転手へ、

「この娘を〈LD保護センター〉まで送れ――そして、入所の手続きをしてくるのだ。丸山正夫よ」

「なんでおれの名前を!?」

眼を白黒させる運転手へ、

「そこの運転許可証は飾りか？――申しつけたことを違えると、只ではおかぬぞ」

声だけで震え上がった運転手の膝に、黄金《きん》の小塊が落ちた。

「行け」

走り去る〈収容車〉を矢倉は呆然と見送った。

「おまえはこっちじゃ」

歩き出したミスティに渋々ついていき、タク

シーを拾って数分で目的の廃墟前に着いた。

「どーだい、え？」

と月光の下に広がる瓦礫《がれき》を見渡すミスティに訊いた。

「ならやめよう」

「気配はないが――わからぬ。罠かも知れん」

「入るぞ」

「おい、待ってくれ。そもそも柩はあるのかよ？」

「わからぬ」

「おれは帰るぜ」

敢然とふり向いた首と腰にミイラの屍衣《シュラウド》が巻きついた。

「うぐぐ」

窒息寸前まで締め上げられた状態で、ひと続きになった二人は、静かに横たわる破壊の痕へ入り込んで行った。

「ぐぐ緩めてくれ。もう逃げねえ」

と矢倉が哀願し、すぐ呼吸は楽になった。

荒涼たる石の原へ眼をやって、ゲホゲホむせながら、

「しかし、おかしいな。〈一級安全地帯《ファースト・セフティゾーン》〉の廃墟だって、火の玉ひとつくらいうろついてるもんだが、それもねえ。いや、おかしい。そのうち、どっとツケが廻って来るんじゃねえのか」

「何をぶつぶつ言っておる――そこじゃ」

ミスティが指を差した場所は、明らかにひとの手で瓦礫を組み合わせた住居としか思えぬ構造物であった。

「小せえな」

矢倉の感嘆どおり、人間が五人も入れば窮屈なスケールしかない。

「王様がそんなところで我慢ができるのかい？」

「静かにせい。留守居役がおるかも知れぬ」

「おっと」

口を押さえた矢倉はついでに足も押さえてしまった。

「では、参ろう。向こうもわらわの気配は感じ取れぬはずじゃ」

ミスティが足を進めた。

瓦礫の間に人ひとりが通り抜けられるくらいの隙間があった。出入り口だろう。

ミスティが瓦礫の頂《いただき》を見上げた。

月光が毛皮のないドーベルマンを黒色に光らせていた。

矢倉がひい、と喚く前にミスティにとびかかった。繊手が刃に変じた。青白い電磁波を撒き散らしながら、そいつの首は落ちた。

風のようにミスティは戸口を抜けた。

操り人形の矢倉も後に続く。

眼を見張った。

外からは信じられない広い部屋が待っていた。天井まで五メートルはある。広さは一〇〇坪を超えるだろう。

何処から調達してきたのか、椅子のついたテーブルが並んでいる。色とりどりの石の壺が並ぶ戸棚が壁を覆い、天井の頂には、どう考えてもあり得ない、ガラスの嵌った天窓が月光を招いていた。

中にはかたわらの壁に槍をもたせかけた男が

ひとり、椅子にかけていた。

「これ」

ミスティのひと声でとび上がった。ダリスと同じ長衣を着ているが、こちらは黄土色だ。

愕然とミスティを見て、

「女王よ——いつの間に？」

「見張りが出入り口にそっぽ向いていては始まるまいよ、イドリス」

「ここへ来られた以上、外の番犬は斃されましたな。自分はあの犬を高く買っていたのですが、あなた様が相手では致し方ありませぬ。しかし、驚きました」

「ダリスは何処へ行った？」

とミスティは血も凍る声で訊いた。

「イムテップの住まいへ。あなた様の柩を開くために」

「莫迦なことを——あの蓋はわらわ以外の人間が開こうとしても絶対に開きはせん」

「ご存知ありませんでしたか。ダリス様は長い長い旅路の中で、開放の術を学んだのです」

ミスティの顔に異様な表情が灼きついた。

「おのれ、ダリス——いま何処におるか、申せ」

ミスティの眼差しの先で、イドリスは薄く笑った。

「その前に留守居役の役目を果たさねばなりません。女王よ、お覚悟はよろしいか？」

「おまえは、ケルマディの戦で、わらわが首を刎《は》ねた。お返しを狙っておるか？」

「年の功で身につけた術がございます。恐らくは転生の土産でございましょう」

「ほお、見せてみぃ」

「ただいま」

その姿がみるみる変わっていった。

矢倉が、ぽかんと口を開けているうちに、男――イドリスは、長衣にくるまった四足獣――狼に化けていた。

「討てますかな、自分が？」

と狼は人間の言葉で訊いた。

「ふむ――シェラジーンの聖獣に化けおったか。これは容易に手が出ぬわ」

「自分は出ますぞ」

そう言って近づく足取りは勝ち誇っているようだ。

どうやら、古代の王国での聖獣は神の使いであるらしい。ミスティは動かない――どころか、胸前で何やら印を結び、祈りらしい言葉をつぶやいたではないか。

狼が跳んだ。牙はミスティの喉を狙っていた。反射的に身を沈めたミスティの後ろ襟から屍衣が走って、その身体を締めつけた、

「神の使いに背くか、女王よ？」

「手出しはせぬ。だが、身は守る」

「おのれ」

狼の顔が霞んだ。

屍衣が消えた。

獣の全身から逆立った体毛が貫き、塵《ちり》以下のレベルに分解してしまったのだ。

それは上昇し、一塊の光の靄となって、ミスティに吹きつけた。

間一髪で跳びのいた石の床がかすみ、下まで

抜けた。

「次は逃がさん」

宣告どおり、再び吹きつけた体毛の針はミスティの上体を囲み、銀塊の中に煙らせたのである。ああ、煙は赤く染まっていくではないか。

「ははははは」

哄笑するイドリスの口の奥には喉仏まで見える。

次の瞬間、その胴を右から左へ、一本の槍が刺し貫いた。

片手でそれを押さえ、イドリスは驚愕の表情を左――槍を摑んだ矢倉に向けた。

「貴様……」

ここで、ぐおおとのけぞったのは、矢倉が槍を左右に捻ったからだ。

「女王様はアウトでも、おれはシェラジーンの住人じゃねえ。しゃべる狼なんざ、狼男しか知らねえよ。くたばりやがれ、化け物め！」

さらに捻りを加えるうちに、イドリスの抵抗は少なくなり――やがて熄んだ。

「仕止めたか？」

とミスティが感謝のかけらもない口調で訊いた。

「ああ。確かめろい」

と答えた矢倉は床に尻餅《しりもち》を突いている。

ミスティは狼の牙を見た。それ以上は必要なかった。槍が貫いた魔物は、穂の下にわだかまる灰色の塵と化していた。

「よくやった」

労《ねぎら》うミスティの全身が紅く濡れているのに、

矢倉は気がついた。

「新しい服——探さねえとな」

「代わりはイドリスの長衣で良い。だが、奴め、ダリスの行く先を告げずに逝きよった。これでは敗北じゃ」

沈黙が二人を絡め取った。それは数秒で終わった。

「そうとは限らねえ。発想の転換と行こうぜ。探す必要なんてねえ。この部屋の具合を見てみると、あっちの小卓には酒とグラスがある——野郎、シーバスなんて酒呑みのクロートじゃねえか——。槍も剣も残ってる。ついでに留守番もいた。つまり、ここを捨ててったんじゃねえってことだ。放っときゃ戻って来る。そこを討っちまおう」

「戻ってくる前に、わらわの柩が暴かれたらどうなる？」

「あ」

「天下一の呑気者めが」

二人は次の行動を思い描こうと眼を閉じた。ひとりはどうやって一刻も早くこの場をズラかるかであった。

ミスティが、はっと天井を見上げた。

床を蹴って矢倉にとびつき、五メートルも運んで着地する。

今まで立っていた頭上の瓦礫が轟きとともに崩落した。原因は粉砕された瓦礫の真ん中に斜めに立つ石の柩だった。

「あれ——!?」

「わらわの柩じゃ」

「ロケットでもついてるのか？」

天井をぶち破ってきたのだから、そう取っても おかしくはない。

「ダリスの短剣はついておる――開けた気配もない」

「それじゃあなんで？」

「待てばわかる」

「え？」

「いちいち愚昧な反応をするでない。待ち伏せしようと言ったのはおまえであろうが」

「持って逃げよう」

矢倉は心の底から言った。

「いいや、待つ。柩を飛ばしたダリスの意図を探らねばならぬ」

「何かの都合だよ」

「それが知りたい」

「なら、いま開けてみろや。それで何かわかるかも知れねえ」

「異常はないと申したぞ」

じろり、とやられ、矢倉はわかったわかったと両手をふった。

ミスティが戸口の方をふり返った。

「ど、どうした？」

「誰ぞ来る。その陰へ入れ」

右方の壁を支える石板の陰へ揃って入りこんだとき、人影が現れた。

ごついアメリカ軍用戦闘骨格をつけたイムテップと二頭のドーベルマンだ。

床の塵を見て、

「ダリス王の留守番を片付けたとなると、女王が来たか。おい、探せ」

とメカ犬たちに命じたが、二頭は周囲をうろついただけで戻ってしまった。気配を断ったというミスティの言葉に嘘はなかったのだ。ついでに矢倉の分も断たれているに違いない。

「逃げたか。もう少しおれば面白いものが見れたものを」

余程、犬たちを信じているのか、それ以上調べようともせず、イムテップは、

「ダリス王め、莫迦な真似をしくさって。わしのところで開けても同じことなのに、どうしてもここでやるとな。あの執着の根は何じゃ?」

ぶつぶつ洩らしてから、柩に近づき、思いきり蹴とばした。

「なぜ、現在《いま》のわしの科学技術をもってしても開かんのじゃ、これは？　一万年前の魔力に現代科学が手も足も出ないとは」

「当然じゃ」

ミスティが小さくつぶやいた。阿呆!?　と血も凍る思いの矢倉の眼が、ドーベルマンの一頭がこちらを向くのを認めた。胸の中でアワワと呻いた。

ドーベルマンが近づいて来た。

背に冷たい流れを感じた。

ドーベルマンはすぐに、イムテップの下に帰った。

ミスティの気配と匂い断ちは完璧だったのだ。

気配はわかるが、匂いはどうしたと思ったが、解説されてもどうせわからないと割り切った。

疑問符だらけの女なのだ。

ドーベルマンの鼻を信じ切っているのか、イムテップも確認を怠った。

そこへ、音もなくダリスが入ってきた。ナジークとガザルも一緒だ。

「お先に」

ぬけぬけと挨拶するイムテップを無視して、柩に近づき、眼を凝らした。

「手も触れておらんよ」

蹴とばしたのは黙っている。

「しかし、あの距離から石の柩を放り投げて、目的地のど真ん中に命中させるとは、何を食っておるのか？」

自分を見つめる眼光に気づいたか、咳払いをひとつして、

「ではあなたの住処《すみか》で開けてもらおうか」

と言った。

「よかろう」

ダリスは、むしろ穏やかな声で応じ、柩を見つめた。

それから、ゆっくりと静かな声が呪文を口ずさみはじめ、空気は妖しく冷えていった。

数秒――おお、かすかな石のきしみを上げて、石の蓋は滑りはじめたではないか。

第八章　血色の恋ものがたり

半ばまで滑って蓋は止まった。

1

「では――お取りなされ、女王の心臓を」

イムテップが言った。その唇には、王と女王の古《いにしえ》の凝塊《ぎょうかい》を反芻《はんすう》するかのごとき笑いがこびりついていた。

ダリスが近づき、柩の中を見た。頭部の右横に凹部に固定された石の壺が置かれていた。

その精神に去来するものがあったのか、ダリスは無防備に両手を入れて、その壺を掴んだ。

柩の蓋がなお残る柩の後方から、青緑の光がその片手にとんで、牙を打ち込んだ。一匹の――最後のコブラをミスティは柩に仕込んでおいたのだ。

「おのれ」

反対の手で掴み取り、床へ叩きつけたが、びくともせずに走り出すその三角の頭部を、青い光が貫いた。光は蛇の全身を染め、消えると同時に、コブラも消滅した。

「ダリス様――お手当てを」

と駆け寄ったのは、部下――ナジークであった。

「間に合わぬ。これはミスティの蛇だ」

言うなり、ダリスは左手の平を紫暗色に変わった手首に近づけた。

砂煙のようなものが傷痕から手指の先までを包み、熄んだ。跡にダリスの右手首はなかった。

転生とともに体得した崩壊の砂嵐をもって、彼は毒の廻った腕を無と化せしめたのである。

「お見事」

と讃える部下たちの声も呆然たるものだ。

「壺はわしが」

イムテップが柩に近づいて、壺を持ち上げた。

「ならぬ！」

ダリスが叫んだ。ナジークが走り寄って、壺をもぎ取った。

「始末はおれがつける」

少しは廻った毒のせいか、どす黒く変わった王の顔を凝視してから、イムテップは嘲笑を浮かべた。

「あなたは出来ませぬ」

「何を言う？」

「わしは、何者かにあなたの協力者の役を与えられました。同時に、あなたが何者かの意志に反する行動を取った場合の修正役も。今のあなたの揺れる心情を、何者かは予知していたと見えますな」

「黙れ」

「言い争っている暇はありません。この壺はいま、この場で処分します」

「ならぬ」

と語気荒く命じた王は不意によろめき、ナジークが地を蹴った。

ドーベルマンが二頭、空中で迎え討つ。

ナジークの両手が光の十文字を描いた。先の一頭その形に四散し、後の一頭が胸もとへ飛び込んだ刹那、両手と同じ光が、弓形にその金属の胸を貫いた。両手は鋭い剣《つるぎ》と化し、弓形の光はナジークの肋骨であった。

そして止まらず、立ち尽くすイムテップの頭頂へ右の手刀を叩きつけるや、肋骨剣で両の脇腹を襲った。

そのすべてが撥ね返された。

愕然と着地した男の顔を、イムテップの両手が左右から押しつぶした。

「ナジーク⁉」

血と脳漿をふりとばし、イムテップはダリスに歩を進めた。

「わしに物理攻撃は無効だ。いま何者かが告げた。あなたを始末せよと」

「左様か」

イムテップの両手が上がり、すぐに垂れた。

「ですが、まずはその壺と中身を処分いたしましょう」

ダリスの足下に置かれた壺に手を触れた瞬間、それはもうひとりの部下ガザルの手に移っていた。

「ほう、物体移動が使えるか。さすが、ダリス王の臣下。だが、残念――中身はここだ」

巨大な鋼の拳が開いた。

小さな心臓が乗っていた。

「ど、どうやって⁉」

ガザルが呻いた。

「大盗イムテップここにあり、じゃ」

今や巨大な戦闘マシンと化した男の哄笑が空間を巡った。

確かにすべての血管が切り離されていながら脈打っているそれを、イムテップはもう一度握りしめた。

「おのれ」

ガザルが右手をのばした。すうとイムテップの指の間から心臓が消え、ガザルの手に戻った。その眉間を真紅色のビームが貫いた。ガザルは声もなく倒れ、心臓はイムテップの手に戻った。

「よせ」

ダリスが叫び、いいえと応じて、イムテップは指に力をこめた。

機械に守られた、そこだけ人間の顔が、眉を寄せた。

鉄柱を握りつぶせる特殊合金の指は、心臓の少し手前の空間で止まり、いかにイオン・モーターのパワーを増しても動かないのであった。

かん高い笑い声が一同に新しい事態を告げた。

彼らは石の壁のかたわらに立つミスティを見た。

ミスティの胸もとから、灰色の布がびらびらと流れ出して、イムテップの持つ石壺に巻きついた。どう見てもゆったりとした動きなのに、避けることもできないのが不思議だった。

壺はミスティの手に戻った。

蓋を取って右手を入れ、ミスティは石板を取り出した。石匠の店で彫らせた品である。

「おまえたちにもわかるであろう。シェラジーンの女神ラーエ様の護符じゃ。いかなる魔力も現世の力も、これを持つ対象に危害を加えること能《あた》わず。わらわの心の臓は、なおもこの壺ともども安堵しておるのじゃ」

別の布がのび、鉄の指の間から脈打つ心臓を拭い取った。

壺に納め、蓋をして、ミスティは白い歯並みを見せて笑った。

「わらわに牙を剥いた以上、無事では済まぬぞ。イムテップ。汝の見るのは地獄の底じゃ」

自らの心臓を奪われでもしたかのように停止していたイムテップ＝マシンのコードの血管に、電子の血が流れた。

プラズマ蓄電池が、イオン増幅炉にエネルギーを注入し、五トンの巨体をミスティに前進させる。

「おい、どうするんだ？」

矢倉は泣きそうな声を絞り出した。どう見ても勝てっこないスケールだ。全関節部のモーターが激しく回転し、一〇万馬力のパワーを絞り出す。

両手で摑みかかってくるのを、ミスティは軽やかに躱した。愉しんでいるように矢倉には見えた。

胸もと――というより胸間に跳びこむや、ミスティの胸もとから布がこぼれ出し、その関節部に絡みついた。

ミスティが軽く身をよじっただけで、戦闘機の左足はつけ根からもがれた。

二拍子の快いリズムを矢倉は耳にした。ミスティの鼻歌であった。

この女は鼻歌混じりに鋼鉄の巨人と闘うのか!?

かろうじてバランスを取りながら、戦闘機は胸部のレーザー破壊砲塔を二メートルも突き出し、砲口を股間に向けた。

七〇〇〇度の高熱が床面をぼろぼろに崩す先から、ミスティは大きく前方へ跳んだ。

布は左足へと位置を変えていた。

セクシーな身のひと捻りで、巨体は仰向けに倒れた。ビームに灼かれた天井から、燃える破片が自身に降りかかる。

「ほおれ」

ミスティが廻った。比類なく美しい太古のダンスを見ているような気が、矢倉にはした。

巨体は部屋の西の隅まで宙を飛び、ダリスたちのかたわらの壁に激突して、ぶち抜いた。

ビームが流れた。

流れは布を断った。両腕で巨体を取り上げるや、背中からせり出した超出力のイオン・エンジンが火を噴き、イムテップを天井へと上昇させた。

月並みな捨て台詞もなく、夜空の彼方へ吸いこまれた戦闘マシンの頭部は、こと切れたように前にのめっていた。可憐とさえいえる美貌とたおやかな肢体が、五トンの破壊マシンに打ち勝ったのである。

少しの間、天井の巨大な穴を眺めてから、ミスティは矢倉へ、

「参るぞ」

と告げた。身を翻して戸口の方へと歩き出すその背後から、

「待て」

とダリスが呼んだ。

足を止め、ゆっくりとふり返ってから、ミス

ティは、

「何用じゃ？」

「なぜ、おれを助けた？」

「おまえを討つのはわらわじゃ。余人の手は借りぬ」

ダリスの表情を渡ったのは安堵だったのかも知れない。

「次は容赦せぬ」

とミスティは言った。

「怪我人を嬲るのも愉しいが、早く復活せい」

ミスティ、矢倉の順で出て行った隠れ家に、ダリスだけが残った。

ダリスの眼が凄愴な光を宿した。

「その容赦せぬのは、おれの方だ。ミスティよ、貸しを作ったと奢《おご》れ。そのときが、おれの勝利の時だ——さて」

と頭上の夜空を見上げ、

「おれたちも新しい隠れ家へ移るとしよう」

その右手が上がると、〈新宿〉にもあり得ない砂嵐が世界を包んだ。

廃墟の上を舞っていた黒い鳥が、みるみるその砂と同化していく巨石の住居を見て、激しく鳴いた。


隠れ家に着くと、イムテップは戦闘骨格の手に乗って、治療室に入った。

アメリカから運んだ最新型のメカが詰まった部屋には、生命維持のための万端が整っていた。

繭《まゆ》を思わせる医療ポッドに入れば、傷や疾病の状態が一秒で明らかにされ、必要とあらば即治療にとりかかる。

だが、イムテップが選んだのは、シールドで仕切られたもうひとつのスペース――「手術室」であった。

「全身打撲、頭蓋損傷、脊髄破壊、脳挫傷――よくここまで持ったものだ。さすが女王ミスティ・シェラジーンの女王にして最強の戦士よ。世界最強の鎧に包まれたわしを、ここまで死者に変えてくれた。だが、生き残らせたのが身の不運。決着はこれからじゃ」

よろめきよろめきベッドに横たわった刹那、彼は血を吐いた。実のところ、もう指一本動かす力も残っていなかったのである。

何処かにあるコンピュータの耳へ、

「手術中に死亡した場合、この施設ごと死体は焼却せよ。また遺産の処理は――」

ひととおり語り終えると、彼はまた血を吐いた。

「かかれ」

蚊の鳴くような声も、メカの耳には十分であった。

麻酔音波が眠らせた身体に、コンピュータ制禦のメスが閃いた。マジック・ハンドが壊死した内臓を抜き取り、折れた脊椎を人口細胞製の新品と交換する。

「今度はもっとゆっくり会おう。生まれ変わったわしとな」

聞くものとていないと知りつつ、ある執念をこめて洩らした言葉であった。

その日いちにち、ミスティは矢倉のソファに横たわって過ごした。精神的なダメージによるものなら、意外に女らしいといえるが、当然そんな玉ではない。さすがに肉体的な疲労によるものだろう。夕暮れ時になった。

こちらもひと寝入りした矢倉が、コーヒーを淹れながら、

「あれだけ痛めつけたり痛めつけられたりした割には、元気だなあ。そうか、心臓が無事な限り、くたびれないってことか?」

「わからぬ。これは転生後の身体じゃによってな。疲れも痛みも感じるのは確かじゃ。戦いに加わり得るのは、どちらもすぐに晴れるからじゃ」

熱いコーヒーを皿ごと受け取り、つまみもつままず、下からカップを持って、一気に飲み干してしまった。

「おい、熱くねえのか? 舌ぐれえは火傷するだろ」

「中々の美味であった」

平然とカップを返し、また横になった女王へ、

「この次はどうなるんだ?」

と矢倉は訊いてみた。当然だ。自分でも良く精神が持ったものだと思う。

「相も変わらずわからぬ。昔はよい星占い師がおったものじゃが、彼奴は転生を成し遂げておらぬようじゃ」

おめえの同類が、これ以上増えて堪るものか、

と思った。

「なあ、ひとつ考えたんだが」

こんな話題を自分からふるとは、シャワーの熱のせいで、気が緩んだためか。

「あいつらは、この〈新宿〉の破滅を狙う〝力〟に操られているんじゃねえのかな」

「なぜそう思う？」

ミスティもじっと彼を見つめた。

「やっぱりあれだよ、あれ。これだけ血を流してりゃ、〈新宿〉の魔性どもが必ず嗅ぎつけて、ちょっかいを出してくる。それが一度もねえ。まるで大人しくしてろと誰かに命令されてるみてえじゃねえか。つまり〈新宿〉はあんたの味方なんだ――つうか少くともあんたに気をつかってるのさ」

「左様か」

ミスティは、満更でもなさそうだ。

「そう考えると、こうつながる。あんたの敵はあの色男の王様も、メカ大好きの爺さんも、反〈新宿〉を代表する力の手先なんだ」

「ふむ――では、何者が何故この街を破壊させんと策しておる？」

矢倉は派手に肩をすくめた。

「さーっぱり」

それから難しい顔になって、

「昔から言われてることだが、この街は、一種の癌細胞って説だ。正常細胞の中に、突然出現した異常な一部分。放置しておけば、正常細胞をすべて食らい尽くし、その宿主たる人間の生命を容易に奪い去る悪腫。当然、他の細胞も宿主も全力を尽くして、死滅させようとする——だろ？」

「確かにこの街の存在は世界の異端じゃ。だが、わらわの全身が、その価値を認めておる。腫れ物は死をもたらすが、その死の意味は無限じゃ。死した者は冥府へ去った後、また戻ってくる。人間のこの考え方は死を絶対とするある世界の秩序に背くことになる。恐らく、その秩序を完成させたものが、この街をうとましく思うたのじゃ」

「誰だよ、それ？」

「わからぬ。恐らくは誰にも、な。この世界を統べる途方もなく巨きな何かであろう」

「そいつが〈新宿〉を片づけようと、した？」

「かも知れぬ」

「待ってくれ。それじゃあ、順序が——」

彼は胸を押さえた。

「心臓でもやられたか？」

ミスティが訊いた。矢倉には悪質な冗談としか思えなかった。

黙って携帯を取り出し、耳に当てた。

「ねえ、あたしよ。『トンちゃん』にいるわ」

と、若い女の声がささやいた。

2

飲み友だちから電話だと言って、外へ出た。

「トンちゃん」は、歩いて七分ほどの呑み屋である。安値段で良い酒と料理を出し、量も多いと評判の店で、今夜も満席に近かった。

テーブル席に掛けるや開口一番、女——珠里《じゅり》は金を貸してくれと言った。いつもの演技ではない切迫感が、矢倉に早く帰れと告げた。何度か出て行っては戻って来た気まぐれな女が、はじめて見るやつれぶりであった。

「今の男が借金こしらえちゃってさ。それはやくざが裏にいるといちで借りて返したんだけど、今度は借りた金が返せないんだ。お願い、無理して頂戴」

今にも泣きそうな顔へ、

「おまえ——おれを裏切って男のところへ行ったのを忘れたか？　よくもまあヌケヌケと頼み事が出来るもんだ。いい面の皮ってな、おれのこったよな」

「もう弁解しません。一度だけ助けて」

珠里の手が手首を摑んだ。矢倉はふり払って言った。

「一度は二度になる。ここで助けたら、おまえはまたやって来るだろう。男が変わるたびにな あ。悪《わり》いがこれでさよならだ」

矢倉は立ち上がった。その耳に聞こえた。

「ここの払いもできないの」

矢倉は出方を考えた。どう考えても、ひとつしかなかった。

椅子に戻って、

「幾らだ？」

「二〇〇〇万」

「おれの何処にそんな金を作る甲斐性があると思ったんだ？」

「……」

この女は、OKを出すまで沈黙を続けるだろうと思った。

「わかった。走馬《そうま》って覚えてるな？」

「うん⁉」

女の顔は「復活」を告げていた。走馬とは換金屋の名前であった。どんな品でも正確な値踏みをし、その場で金にしてくれる。〈新宿〉では、どんなやくざや暴力団にも襲われない〝名士〟のひとりだ。

「いま、金を借りてから奴んとこへ行ってくる。まだ営業中のはずだ。ここで待て」

「わかった。でも凄いなあ、平ちゃん。頼んだその日に二〇〇〇万も用意出来るんだ。凄いなあ」

「阿呆」

矢倉は店をとび出して、マンションへ戻った。

椅子にかけて、窓の外を見ていたらしいミスティへ、

「おれ、あんたに随分尽くしたよな？」

と切り出した。ミスティは、こちらを向きもせず、

「それは否定せぬ」

「ならさあ。少しは報いてもらっても、罰《ばち》は当たらねえよなあ」

ここでどう返ってくるのかと思ったら、

「女だの」

ずばり来た。

「いやいやいやいや」

と連発しながら、首をふったら、

「うぬはクルウルウの一派か？」

「──何だ、そりゃ？」

「良い。それで幾ら欲しいのじゃ？」

「いやいやいやいやいやいや。どうして女だと思った？」

「電話の声が少し柔らかくなった。急いで出て行き、戻ってきたら、急に報酬のことを言い出した。金が必要な者がいる。それも電話の様子では急いでじゃ。おまえが男のためにそんな真似をするとは思えん。答えはひとつじゃ」

「むむむ」

「持っていけ」

矢倉の足元に光るものが飛び、彫刻入りの金貨に化けた。

「今までの経験では、この街の二〇〇〇万というところか。信用できる両替商のところで換金するがいい」

「助かった！」

矢倉は必死に声を押さえた。叫び出したい気分だった。

「恩に着るぜ」

「おまえが受けとるべき正当な報酬だ。わらわが迂闊であった」

「ほ、ほんじゃ！」

金貨を摑むや、矢倉は部屋をとび出した。

「トンちゃん」に戻ると珠里はいなかった。

立ちすくみ、さて見つけだそうと室内へ眼を走らせ出したとき、背後で、

「珠里の使いだ。一緒に来い」

低い声が、その響きで彼を凍りつかせた。

「てめえ……」

「来い」

銃口が押しつけられているわけではない。相手とは確かに数十センチの距離があるのに、矢倉は逆らうことが出来なかった。

店を出ると、黒いリムジンが待っていた。

乗り込むとすぐに猛烈な眠気が襲ってきた。


眠気がついたところは、大病院の手術室としか思えない場所であった。

メカやライト、医療器具が並んでいる。どれも光を放つ新品で、作動中のランプが点滅中だ。

手術台もあった。首までシートを被せられた珠里が横たわっている。矢倉自身は丸椅子にかけていた。手足に拘束はないが、ぴくりとも動かない。

背後で自動ドアが開く音がした。数人の足音が近づき、彼の前へ廻ってひとりの男と明らかな二名の有機アンドロイドになった。

「てめえは――」

「イムテップじゃよ、矢倉平吉くん」

「人の名前を勝手に使うな、この野郎」

「本題に入ろう」

とイムテップは言った。奇妙な違和感が矢倉の血管を流れはじめていた。

この男、大盗イムテップに間違いない。しかし、何処か違う。この感じは？

カマをかけてみた。

「てめえ、サイボーグ手術を受けやがったな？」

一瞬、驚きの表情が皺深顔を作り、すぐに消えた。

「よくお分かりだな」

「当たったのか⁉」

眼を剥いた。当てずっぽうだったのだ。

「あの女の屍衣《シュラウド》め――恐るべき力を有しておった。全身を変化させなければ、助からなかったろう」

「そりゃ良かったな。さて、珠里を返せ――と言って、オーケイとはいかねえよな。条件を聞こう」

「ミスティの心臓を奪え」

「無理だ。他には」

「無理なのはわかっておる。それ用の仕度はある。それを使え」

イムテップが顎をしゃくると、合成人の片方が、背中に廻していた手を現した。石の壺が乗っている。イムテップが受けた。

「それは⁉」

「ミスティの心臓を入れた壺じゃ。当然中身は――」

蓋を外して取り出した品は、ミスティの心臓に違いない。矢倉は声も出なかった。

「勿論、本物のはずがない。偽物じゃ。だが、外見も中身もその機能も瓜二つじゃ。恐らくはミスティにも区別はつくまい。これを本物と替えろ」

「……」

「本物を手に入れたら、窓の外へ放れ。後はわしが処理する」

「お前な、そんなに簡単に行くと思うのか？」

「お前次第だ。こちらの意図を汲んで上手くやることだ。でないと——」

珠里のストレッチャーの方を見てうなずいた。

もうひとりの合成人が近づいて、カバーを胸もとから下へめくり上げた。

猛烈な吐き気が矢倉を直撃した。汚怪なものではなかった。そこに横たわっているのは珠里の首とメタル・コードの山であった。まるで神経図のように、細分化され、雲のように首から下を覆っていた。膨縮する心臓が透けて見えるのが不思議だった。

「女王の身体には心臓がないが、こちらは心臓しかない。残りを欲しがっているとは思わんかね?」

イムテップがうなずき、有機人が右手で金属の雲の上をひと撫でした。

珠里の顔が眼を剥き、唇が凄まじい絶叫を迸《ほとばし》らせた。

「銀の糸は神経と同じだ。それも剥き出しのな。痛覚は三倍にしてある。何度目かには気が狂うぞ」

合成人が、また手をのばした。

「わかった、やめろ!」

矢倉は叫んだ。矢倉は叫んだ。おしまいだという思いが強かった。ミスティは裏切りを許しはしまい。かと言って、首と心臓だけで泣き叫ぶ元彼女《もとかの》に知らんぷりすることも出来なかった。結局は誰かが犠牲になるしかないのだ。なら、オレしかいねえなと思った。

イムテップの唇に、思いもしなかった人間臭い笑みが流れた。

「優しい男じゃな」

だが、次の瞬間、太古の大盗は冷酷無情な顔に戻って、

「バッグに入れて渡してやれ」

と合成人に命じた。

それは肩から下げていた布製の袋に壺を入れた。みるみるバッグごと見えなくなった。

「何だ、こりゃ？」

「現世でのわしの傘下企業が開発した透明《インビジブル》バッグだ。光と色の屈折を利用した品じゃ。中から出せば見えるようになる。明日の正午までにやれ」

「ヘイヘイ」

見えないバッグが突き出され、矢倉は手探りで受け取った。全体を撫で廻して、サイズとジッパーを確認し、開けてみた。まだ見えない。

手を入れると硬いものが触れた。持ち出した途端に石の壺とバッグが浮き上がった。

その足下に、小さな袋に入ったカプセルが放られた。

「何だい？」

「ミスティは人の心を読むのに長けている。おかしな言動を取らぬようにする袋だ」

「精神安定剤かよ？」

「その類だ」

「ありがたいこって」

ミスティはソファにかけてＴＶを観ていた。

本物の壺は、ソファの横に置いてある。隠そうともしないのがこの女らしかった。

透明なバッグのバランスを取りながら、矢倉は寝室へ入った。安定剤のおかげで、心理的な負担はない。

バッグを本物のすぐ隣りに置いてから、

「シャワーでも浴びたらどうだ？」

「先に使え。わらわはこれを観ている」

モニターには、見覚えのない新人らしい漫才師が二人映っている。

少し観ただけでヘボだとわかった。突っ込みのタイミングが悪すぎる。半ば素人だ。

「面白いか？」

「うむ」

「そうかい」

否定して喧嘩にでもなったら、無事では済まない。コーヒーでもと思い、飲むかい、と訊いた。

「淹れて仕《つか》わそう」

「なにィ!?」

ドアのところへ走って、差してあった靴ベラを摑んで身構える矢倉を、ミスティは静かに見つめた。

3

「何をしておる？」

「そっちこそ何だ？　何をしてやるだと？」

「お前の好きなコーヒーとやらを淹れてやろうと言うのじゃ。おかしな喜び方をするのお？」

矢倉は、はあと息を吐いて力を抜いた。常識が戻ったのだ。靴ベラを見つめ、それも戻してから、

「よろしく」

と言った。絶好のチャンスだという思いもあったが、高揚感には程遠い。

「うむ」

うなずいてミスティはキッチンへ向かった。

矢倉は行動に移った。ミスティの壺と偽物を取り替え、本物をバッグに入れてからベランダへ出るや放った。下に誰がいるかは見ようとしなかった。何の音も聞こえてこなかった。代わりに鳥の鳴き声がひとつした。

あまり順調に行ったせいで、落ち着いた気分でモニターを眺めていると、良い香りの立つカップを二つ並べたトレイを掲げてミスティが戻って来た。砂糖もミルクもついている。

本格的だな、と矢倉は驚いた。

受け皿ごとカップをまず矢倉の前へそっと置いた。

まだ何か疑っている矢倉へ、自分のカップを取り上げて、

「飲むがよい」

と言った。

「ち、頂戴します」

自分でも何を言っているのかよくわからないまま、カップを口元へ近づけ、やっと、

「何でまた？」

と訊いた。

「わらわがこれを淹れたか、か？」

「ああ」

「次の戦いでわらわは滅びるであろう」

矢倉のカップが止まった。

「はあ？」

「おまえと会うのも、これが最後じゃ。これは別れの盃じゃ」

「……」

「普段はワインか敵将の血で飲《や》るが、ここではそうもいくまい」

「いや、あの、しかし――滅びるとは」

「限らぬ、か？」

矢倉はうなずいた。何度もうなずいた。理由はわからない。

「そうであれば良いとわらわも思うが、運命は鉄じゃ」

「どどど」

やっと声が出た。

「どどどうしてわかるんだよ。そんなことが？あ、あんた神さまか？」

「罰があたるぞ」

ミスティは薄く笑った。突然、矢倉の眼に涙が溢れた。この女にもこんな笑顔が出来るのだ。

「とにかく、おまえには世話になった。これを飲んだら、わらわは出て行く」

「……」

「飲め」

二人は琥珀色の湯気と香りを口にした。

「美味じゃな」

「ぷう」

吹き出した矢倉をミスティは睨むように見た。

「感動の表現は控え目が輝くぞ」

ひと呼吸置いてから矢倉は喚いた。

「何だ、このコーヒーは？　塩味じゃねえか？」

ミスティはやや眉を寄せ、

「ふむ、白い粉の入った壜が二つあった。勘で選んだが――わらわには美味だぞ」

「それはおまえの味覚がどうかしてるんだ。あのダリスとかいう奴と舌を換えてしまえ！」

言ってから、心臓が止まった。ミスティが眼を閉じたのだ。それが開いたら――

何も起こらなかった。穏やかな眼差しが矢倉を捉え、

「わらわもそうしたかった」

と言った。それから、まだ火傷しそうな中身を一気に飲み干して、カップを置くと、

「さらばじゃ」

と立ち上がった。石壺を摑んだとき、

「おい、待て――それは」

矢倉にこう口走らせたのは、どんな相手にも感じる繋《つな》がりが断たれる哀感よりも、贖罪《しょくざい》の気持ちからであった。だが、それ以上口には出来なかった。

ミスティは廊下へ出てドアを閉じかけ――ふり向いた。さっきの笑みがまた浮かんだのだ。

「世話になった。忘れぬ」

ドアが閉じたとき、矢倉はこのまま心臓が止まればいいと思った。


東の空が水のような光を帯びはじめた。

ミスティは〈歌舞伎町〉にいた。

彼女はイムテップとダリスの襲撃を待っていた。それには悪徳と災厄の都市の中核であるこの町が最もふさわしい。二人もそう思ってるだろう。

〈大ガード〉を抜けて、〈一番街〉から入るとすぐ、〈新宿コマ劇場〉の前で、チンピラ・グループが、少年に絡んでいるのを目撃した。高価なゲーム・マシンを手にした少年は震え上がっていた。言いがかりをつけられたのも、このマシンのせいである。黙って行こうとすると、

「おい」

とひとりが声をかけてきた。

「何用じゃ」

と訊いたのは、二人の手先かもしれないと思ったからである。

「えれえ別嬪《べっぴん》じゃねえか。ひとりで〈歌舞伎町〉なんかうろうろしていると、悪い奴らに捕まるぜ」

「そうそう。おれたちがガードしてやるよ」

「徐け――そうすれば、無事で済む」

「なんだぁ、この女《あま》。麻薬《クスリ》でもやってるのか、やけに強気だぜ」

ミスティは右へ移動し、いちばんがっちりした男の前に立った。彼がリーダーと踏んだのである。

なんだ、そいつは？　という表情の男の喉を摑むや、軽々と持ち上げ、〈噴水広場〉の端に立つ石柱《オベリスク》へ叩きつけた。二〇メートル超の投擲《とうてき》はスピードも落とさず、頭からぶつかった男は石

の表面に血の花を咲かせて即死した。

チンピラたちは動かなくなった。簡単な改造手術を受けて一〇〇馬力ほどのパワーを誇っている者もいたが、ひと目で格が違うとわかった。

「徐け」

と言われても動けない。ミスティは手刀をふるった。前に立つ二人が吹っとんだ。どちらの首も九〇度ねじ曲がっていた。ようやく残りは逃亡に移った。

「あの……」

背後から声がかかった。脅されていた少年であった。

「あの——ありがとうございました」

黙殺して進むミスティの横に駆け寄って来た。

「下がれ」

「え？」

「腰抜けめ。戦いもせぬ男は、あいつらよりも不愉快じゃ」

少年は眼を伏せた。

「そうですね。でも、お礼をさせて下さい」

ミスティの眼前に、ゲーム・マシンが突き出された。

跳ねのけようとする手が止まった。

ボディ一杯のスクリーンには、見覚えのある男の顔が浮かんでいた。ダリスの下僕——電子人ニギスだ。

「捜したぜ。やっと会えたな」

青白い光で出来た男は、スクリーンの中で微笑んだ。

「何用じゃ？」

「あんたの今の用はひとつしかないだろ。イムテップは〈大久保駅〉前の貸ビル「アトラス」にいる。じゃあな」

スクリーンが黒化した。ミスティは何も言わず歩き出しかけて、少年を向いた。

笑っている。

ダリスは臣下とともに甦った。

ミスティがそうだったとしても、不思議はあるまい。たとえ、双方がそれと気づかなくても。

「礼を言う」

「いいえ」

少年の頬が紅く染まった。

「〈大久保駅〉とやらへは、どう行けば良い？」

「そこを真っすぐ行けば、タクシーが通る道に出ます」

「もうひとつ礼を言う」

「とんでもない」

そう言って、少年は去った。

それを見送ってから、ミスティは一〇メートルほど歩いた。

心臓の位置に凄まじい痛みが走った。

胸を押さえた左手には、石の壺がある。

「偽物か？　よくぞ、わらわをたばかったな、イムテップよ。さすが世紀の大盗」

〈大久保駅〉前のビル「アトラス」の広大な一室で、イムテップは台上の柩に迫る電子カッターへ、にんまりと右手を開いて見せた。

ミスティの石板が乗っている。

「恐ろしい護符だが、霊的カッターでやっと取り出した。これで女王の心臓は我らのものだ。じき、ダリスも来よう。それまで嬲り抜いて、しかる後、ひと突きでとどめをさしてくれる」

ひと息入れた。それから右手を見た。

石板は手の平に半ば沈みこんでいた。

「恐るべき護符だ。じき手の平を抜けるぞ。かと言ってもはや放れん。いっそ、女王を仕止めてしまおうか」

彼の手は黒煙を吹き上げていた。


抱き起こされた。

「無事かい？」

ミスティの眼の前に矢倉の顔があった。

「何をしに来た？」

「あのままお別れじゃ。おれの気が済まなくてな。胸が痛むのか？」

「そうじゃ」

「済まねえ。あの壺をこの偽物とすり替えたのは、おれだ」

「……」

「女がイムテップの野郎に捕まって――生体解剖されそうになったんだ。それで――」

「覚悟は――出来ておろうな？」

「ああ、その前に、ひと働きさせてくれ」

「ここにいると何故わかった？」

「大鴉が教えてくれたんだ」

「鴉が？　そう言えば、夜鳥がひどく鳴いておったが」

「窓を嘴《くちばし》で叩きやがってな。確かトンブのところで大鴉を飼ってると聞いてから、開けてやったら、達者な人間の声で、あんたがここにいると教えてくれた。トンブが尾《つ》けさせてたらしいぜ」

「〈大久保駅〉まで行く。タクシーを拾え」

「いいともよ」


「アトラス」の室内では、二人の男が対峙《たいじ》中であった。

イムテップの前に立つダリスの青白い顔には、まだ間もない戦いの疲労がこびりついているが、闘志の炎はイムテップを灼き尽くさんばかりに燃え狂っている。


その眼の見ているものは、ガウンをまとった大盗ではなく、彼のかたわらのテーブルに置かれた石の壺と、そのさらに先、スチールの台上で脈打つ小さな心臓であった。

「よくぞミスティの心臓を手に入れた。では——渡してもらおうか？」

「ふむ、どうなさるおつもりか？」

「知れたことよ、この手で葬る」

「それは聞こえませんなあ」

「何と」

ダリスの眼に殺気が渦巻いた。

「あなたは、甦った目的をご存知の上で無視するおつもりじゃ。我々の目的を排除するために女王が甦ったのじゃ」

「わかっておる」

ダリスは生々しい声で言った。

「わからぬのはひとつ――何ものがそれを命じたのか」

「恐らくは宇宙の秩序という奴でございましょう」

それは矢倉と同じ結論であった。

「……」

「それは自身の統べる世界に突如生まれた悪性の腫れ物を取り除くことに決めたのです。恐らくはこれまで何度も同じ戦いが繰り返され、そのたびに〈新宿〉は勝利してきたものと思われます。なれど、今回は――」

「おれたちのしてきたことは、ミスティを斃す――それひとつだ。それを叶えたら何をすれば良い？」

「それはわしにもとんと。女王を斃してからの話でございます。或いは――」

「或いは？」

老人はモゴモゴと、

「我らの役目はそれにて終了し、後は別の者たちが」

「おまえは全てを知っておるのか？」

「とんでもない」

イムテップは片手をふって否定した。

「わしごとき――明日の運命も知らぬ小悪党でございますよ。それよりも、女王の心の臓。真に停止なさるおつもりか？」

「それが使命だ」

「では、お任せいたしましょう。ご随意になされ。護符は処分してございます。それに、いま、このビルは——」

イムテップは横に徐き、ダリスは前進した。

ミスティと矢倉は「アトラス」の前でタクシーを下りた。

ミスティが閉じたドアを片手で吹きとばし、一歩入るや、

「たばかられたか」

と言った。ドアの横に隠れていた矢倉が、覗き込み、あっ!? と叫んだ。

そこは誰ひとりいない空間であった。

「——虚像空間だ」

矢倉が叫んだ。

「これは科学の造り出した幻だ。本物は何処にある!?」

答えはミスティの呻きであった。女王はふたたび見えぬ刃によって、ここにはない心臓を苛まれたのである。

夢中で抱き起こし、

「しっかりしてくれ——くそお。何処でこんな真似してやがる!?」

怒りと絶望がないまぜになった怒号を、彼は呑みこんだ。背後に気配を感じたのである。

ふり向いて、眼もくらむ思いがした。

「〈大久保駅〉前にあらず、〈新大久保駅〉でございます」

こう言うと、イムテップは
「そろそろ」

と促した。
ダリスは台上の心臓を長いこと見つめている
のだった。
その精悍な顔には、明らかに激しい葛藤が刻
まれていたが、彼はここでうなずいた。決めた
のだ。
台から離れ、両手を突き出した。すべてを崩
壊させる死の砂嵐に、護符を失ったミスティの
心臓が耐えられるはずがない。
だが、その手は激しく震え、その顔からは流
れ得ぬはずの苦悩の汗までがしたたりはじめた
ではないか。
「何をしておられる？」
イムテップは薄笑いを浮かべた。
「もう一度、裏切りなさるおつもりか？」
「黙れ」
ダリスの両手は彼の方へ弧を描いた。
万物を腐蝕崩壊させる砂嵐の中で、しかし、
イムテップは哄笑した。
「私も一度、自分を変えました。この世界では
サイボーグとでも呼ぶのでしょうかな？　ただ
し、あそこにもあるここにもあると言う代物《しろもの》で
はありませぬ。現代の科学の粋《すい》と、古《いにしえ》の技が手
を結んだ結果――こうなりましたぞ！」
ダリスもそれを見た。塵と化した長衣の下か
ら現れた、大盗の全身を。身に張りついた金属
繊維とも石ともつかぬ光沢を帯びていたが、明
らかに戦闘服ないしは防禦スーツとも呼ぶべき
ものであった。
「昔なら鎧と呼ぶべきでしょうな。この前の戦

闘用骨格と比べれば見てくれは劣りますが、パワーも戦闘力もあの万倍。ご覧のとおり、防禦力も」

風が鳴った――その瞬間、ダリスは背後で大盗の声を聞いた。

「マッハ10の超高速移動――砂嵐は間に合いますかな?」

ダリスの両肩が鈍い音をたてた。握りつぶされたのである。

「あなたを八つ裂きにするのは簡単じゃ。だが、何としても滅ぼすことは出来ぬ。同じ目的を持つ仲間ゆえに。ですから、二度と戻れぬ世界へ放逐させていただきましょう」

イムテップの両眼が青い光《ビーム》を放った。光は五メートルほど前方に長楕円《だえん》の形を形成した。彼はそこへダリスを投げつけた。それは太古の王を呑みこみ、音もなく消滅した。

「さて、これで心の臓は我が物と。やれやれ、引導を渡すまでに、なんと手間のかかることか」

ひどく疲れた声でごちると、彼は台の方を向いた。

そして、人影を見た。目的地のかたわらで、自らの心臓を手に立つミスティの姿を。

よもやの驚きが、まさか、と口走らせた。

「どうして――ここが?」

「さすが〈新宿〉――〝魔界都市〟の名は伊達ではないわ」

ミスティは戸口に眼をやった。

愕然とそちらをふり返って、平凡な中年男と――もうひとつのコート姿を見た刹那、イムテップは恍惚と立ちすくんだ。

「〈新宿〉一の人捜し屋が、ドクター・メフィストの依頼を受けて、ここを捜し出してくれた。勝負はこれからじゃ」

「それでは」

世にも美しい声で告げ、コートの裾を翻して人捜し屋は去った。

「彼奴は〈新宿〉の使いであった」

とミスティは前進しながら言った。

「そして、わらわを甦らせたのも、この街じゃ。おまえたちの背後のものが与えんとする破壊と秩序を亡きものにせよ、と」

ミスティは右手の指をのばして、心臓の位置に二度線を引いた。十文字の傷口が生じた。心臓はその内側へ封じられた。

「他者に操られるのは気に入らぬが、ここは曲げて良しとしよう。イムテップよ、甦りを悔やむがよい」

その胸もとと袖口から、びらびらと灰色の布が大盗へ流れ寄った。

それに触れる寸前、彼は消滅した。超高速移動がくり抜いた空間へ空気が流れこみ、室内は乱気流の王国と化した。

背後の気配を感じるよりも早く、ミスティの胸は鋼の指で引き裂かれていた。

「おのれ」

叫びは血であった。

抜き取った心臓を眼の前に掲げ、イムテップはにんまりと笑った。

「今が最期でございますぞ、女王ミスティ。そして〈魔界都市〉は死を迎え、やがて、何処にでもある平凡な街として生まれ変わるのです」

ミスティは右手で口を抑えた。血が四方へ跳ねた。

「平凡と普遍《ふへん》は、わらわの最も忌《い》みする言葉じゃ。世界よどちらを選ぶ!?」

血まみれの右手を、ミスティは後方へスウィングさせた。

一〇〇のどよめきが室内に木魂《こだま》したようであった。

イムテップは後退した。見下ろした眼は、心臓部のやや下から生えた細い光を見た。

「ドクター・メフィストのメスじゃ」

と、ミスティは言った。

「胃に収めておいたが、お蔭で楽に吐き戻せた。礼を言う。元の持ち主は、先程の美しい人捜し屋と並んで、〈新宿〉そのものであると聞く。うぬの背後の者の力で無にしてみるがよい」

イムテップはそれを掴み、引き抜いた。

傷口から血が噴きこぼれ出した。否、それは灼熱の液体であり、彼のエネルギーの素であった。

彼は防禦システムを作動させ、塞ごうと試みたが、噴流は止まらなかった。みるみる死相が顔を覆っていく
「わしもここまでか。だが、女王ミスティ――刺客はいまひとり」

彼はメスを投げた。

それはミスティの真横の空間に突き刺さり、縦に裂きつつ床に落ちた。イムテップはすでに

倒れている。

ミスティの前に男が立ちはだかった。

「ダリス」

「こうなる運命《さだめ》か」

古の王は言った。

「そのとおりじゃ」

とミスティは応じた。怒りにも悲しみにも遠い口調であった。

「おまえが、わらわに偽りの愛をささやいたときから。わらわと一〇年もの間、褥《しとね》を共にしながら、自らの軍をシェラジーンに侵入させたときから。そして、わらわの心の臓をそのナイフで貫いたときからじゃ。おまえはわらわがおまえに心を開くまで一〇年待ったと言い放った」

ミスティの口元を染めた血が、何かに拭われたかのようにひとすじの道を作っていた。

「おれはおまえを――」

「言うな」

ミスティの声は、どこまでも静かであった。

「その後にどんな言葉が続こうと、わらわは許さぬ。わらわをこの街に招いたのは、果たしていかなる神の思し召しであったか」

立ちすくむダリスの全身へ、びらびらと灰色の布が流れた。

吹きつける砂がそれを灰と変えた。

嵐はミスティの全身を包み、さらに後方の壁をも崩壊させた。

「いま〈新宿〉は塵と化す」

ダリスは別人のような口調で告げた。

「いまわかった。おまえを愛していたことも――」

「この日のための何者かの策であったのか、と」

ミスティの眼に、ゆっくりと光るものが溢れた。

「もうよい。決着をつけるぞ、ダリス」

ミスティの衣服は崩れ去り、彼女は全裸の肢体をさらしていた。

烈風の中で、身を屈め、心臓の上に手を当てるや、それを引き裂いて、何かを摑み投げた。

小さな心の臓の何処に収まっていたものか、それは三〇センチほどの短剣と化して、ダリスの喉元を貫いた。

「おまえがあの夜、わらわを刺した武器じゃ」

ミスティの声は凄絶であった。ダリスはのけぞり倒れた。二度と動かなかった。

「おまえを甦らせたものたちに告げよ。わらわもまたおまえを――」

そして、ミスティは崩れ落ちた。

静寂が部屋を領する前に、矢倉が駆け寄った。

「しっかりしろ、おい。あんたに死なれたら〈新宿〉が」

「そちらの心配か」

とミスティが笑った。

「いや、そういうわけじゃ」

「よい。もう一度言う。世話になった」

「やめてくれよ、おい」

矢倉はミスティの手を握った。その上に涙が落ちた。小さな飛沫をとばした。

「な、もう一回、もう一回甦ってくれ。〈新宿〉はまだまだ狙われているんだ」

「安堵せい。この街には、あの二人がおる」

「白い医者と黒い人捜し屋か？　あんなの見かけ倒しだよお。〈新宿〉には、あんたが必要なんだ。そうだ、なあ、あの心臓入りの壺を本物とすり替えたのはおれだと言ったよな。覚悟は出来てる。な、生き返って罰を与えてくれ」

ミスティの閉じかけた瞼が細く開いた。それは何ともいえぬ光を湛えていた。

「おまえはわらわを裏切ったが——愛した女は裏切らなかった。それでよい」

矢倉は何も言えなかった。

「さらばじゃ」

ミスティの手が急に重くなった。

「おい、おーい」

矢倉は叫び続けた。肩をゆすり、頬を叩いた。

「何とかしてくれよ。〝魔界都市〟よ。女がひとりでおまえのために戦ったんじゃねえか。そして、恋人まで殺して、おまえを守り抜いたんじゃねえか。助けてくれよ、頼むよ、なあ。〈新宿〉の神さまよお」

泣きじゃくるせいで気がつかなかったが、このときダリスの砂嵐を物ともせず疾走してきた一台のリムジンがビルの前で停車し、二つの影を降り立たせたのである。

純白のケープと漆黒のコート——見かけ倒しと呼ばれた男たちであった。

あとがき

私は、

「うーむ」

と唸った。

本作の元になったS伝社の『紅の女王』は、売れ行き不調なのか、担当もヘボ社長もついに
「続篇を」

とは言ってこなかった。なら、他でやろうと思った。『紅の女王』はトーク・ショーの会場で、かなり多くのファンから、

「女王のキャラ面白いですね」

「続篇はいつ出すんですか？」

「女王さま、強くてカッコ良かった」

と複数の女性ファンから声をかけられてしまった。これは珍しい現象といえた。作品は面白いと言っても、個々のキャラクターが好きと口にするファンは中々いないのだ。ミーハー的で照れ臭いの

かもしれない。

だが、女王への入れ込みは、私も同じであった。こういう破天荒という世間知らずのキャラは、男性よりも女性が似合うのだ。その辺の分析はおくが、『紅の女王』を書いている間の愉しさは、人を人とも思わぬ外谷さん的な凄まじさにあったと思っている。

これ一本きりで終わるのは惜しいと思った。これが今回、創土社版で刊行する理由である。

前回の『エイリアン邪神宝宮』もこちらだったが、最近のシリーズものは、書いていて愉しい。多分、原点回帰が上手く行っているのだろう。

というわけで、今回の他人の迷惑考えない女王さまのご活躍は、前作を遥かに凌ぐ。久しぶりのニュー・キャラ誕生の実感をいま味わっている最中なのである。

しかも、〈新宿〉を代表する二大キャラクターも、影のように登場して女王さまをサポートする。

なお、映画化、TV化の申し込みが来た場合、女王さまは任せるが、矢倉平吉は、高橋克実氏に任せたい。理由は各自ご想像願いたい。多分当たりっこないが。

二〇二〇年三月某日

「事故」（TV）を観ながら

菊地秀行

魔界都市ゴデス
女王ミスティ

2020年4月1日　第1刷

著　者
菊地 秀行

発行人
酒井 武史

カバーイラストおよび挿絵　末弥 純
帯デザイン　山田 剛毅

発行所　株式会社　創土社
〒189-0012　東京都東村山市5-6-25-101
(編集・販売) 電話 03-5737-0091　FAX 03-6313-5454
http://www.soudosha.jp

印刷　株式会社シナノ

ISBN978-4-7988-3052-0　C0293
定価はカバーに印刷してあります。